明治38年 9 月

坪 内 逍 遙

坪内逍遙

●人と作品●

福田清人
小林芳仁

CenturyBooks

清水書院

原文引用の際，漢字については，
できるだけ当用漢字を使用した。

序

青春の日、すぐれた文学書や、歴史上に大きな足跡を刻んだ人物の伝記をひもとくことは、精神の豊かな形成に大いに役だつことである。

ことにさまざまな苦難を克服して、美や真実を求め、生き抜いた文学者の伝記は、この双方《そうほう》にまたがっていて、強い感動をよび、またその作者の作品理解のため、大きな鍵の役割もつとめてくれるものである。

すでにもう五年ほど前のこと、私は清水書院より、近代作家の伝記とその作品を平明に叙述する「人と作品」叢書の企画についての相談をうけた。書院がわの要望は既成の研究者よりむしろ新人に期待するということであったので、私の出講していた立教大学の大学院で、近代文学を専攻している諸君を中心に推薦した。また、それらには私も名を連ねることになったので、原稿には眼を通した。

そして、書き手が立教にいない場合は、その方面の研究者を推薦した。

こうして一九六六年に第一期五冊位から出発したこの叢書も、四年目に当たる六九年、予定の三十八冊を完成する運びとなった。若い層を読者に想定したのであったが、作家によっては、幅広い読者があり、幸い好評なのは喜ばしい。

この「坪内逍遙」の筆者小林芳仁君は、徳島大学から、大正大学大学院（修士課程）に学び、後に立教大学の博士課程に進んだ篤学の士であり、現在都内のある女子大学附属高校に勤務している。

「小説神髄」によって近代小説の水先案内をつとめた逍遙は、翻訳に演劇に、創作にまた後進の育成に、大きな存在であった。小林君は、この一巻にあふるるほど、その先駆者の俤《おもかげ》をみたしてくれている。

福田清人

目次

第一編　坪内逍遙の生涯

故郷とその幼年時代……三
少年時代……二〇
青年時代……二八
小説の革新……三四
「早稲田文学」のころ……四四
教育の革新……五六
演劇の革新……六三
「文芸協会」前後……七〇
著述翻訳のころ……八八
晩　年……一〇三

第二編　作品と解説

当世書生気質……………………………………一一六

細　君……………………………………………一二九

桐一葉……………………………………………一三五

新曲浦島…………………………………………一四七

役の行者…………………………………………一五八

小説神髄…………………………………………一七〇

(逍遙における)

シェイクスピア翻訳の実例……………………一七九

年　譜……………………………………………一九三

参考文献…………………………………………二〇〇

さくいん…………………………………………二〇一

第一編　坪内逍遙の生涯

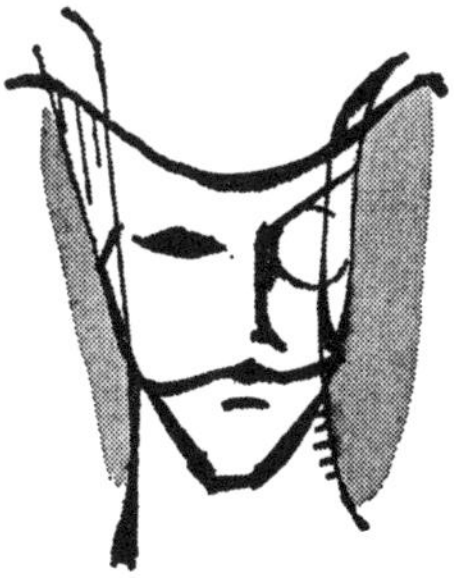

願わくば朧《おぼろ》月夜の落椿　　逍遙

ロマンチックな春のおぼろ夜に、満々と開いたまま、まったく何の未練もなくポトリと散る椿の花。たった一度の短い人間の一生であってみれば、その成功不成功は別としても、かぎられた生命《いのち》を精いっぱい生き、自《みずか》らの力のかぎりするだけのことをして、まだ惜しまれているうちに死んでゆきたい、どうせかならず散る花なら、美しいうちに美しいまま、と願うのは、ひとり逍遙のみではないであろう。

「わたしは死ということを恐れはしない。ただ病気になって、仕事が何もできなくて生きているのは耐えがたい苦痛だ。」

とは、平生《へいぜい》彼がよく口にしていたことばであった。

春の舎《や》おぼろ―これは逍遙坪内雄蔵の初期の雅号である。「や」は「夜」も意味しており、春のおぼろ夜の、あの甘い懐かしい、夢見るような美しさをさしている。それは舞台の背景のようでもある。そして逍遙自身、人の生涯はどうせ一幕のドラマでしかないならば、せめてその美しい背景の舞台を、逍遙するような人生を送りえたら、と思ったのである。

おもしろの春の小雨や
裏むけに羽織かぶりて
笻《つゑ》かつぎ石いくつとび
童さび声うちあげて
翁《おきな》こそ帰り来ましぬ
柿がもと白梅がもと
からからと帰り来ましぬ
先生らしも　　（白秋）

双柿舎《そうしし》に逍遙を訪ねたときの白秋の感懐である。春の夜のおぼろといい、逍遙といい、いかにもロマンチックで、夢幻的で、ボヘミアン的で、しかも白秋のうたったように、子供のように純情で、ひょうきんで、—これが本来の逍遙らしい姿であった。だが、彼の織りなす人生ドラマははたしてそうであったろうか。この答えは容易ではない。「諾！」ともとれる。「否！」ともとれる。だがこれだけはいえる。彼は「逍遙」の名の象徴するように、自由な芸術家魂と芸術的自我によって道をきり開き、その生涯と情熱を、ひたすら文学革新のために、あるいは新しい演劇促進のために、常に啓蒙家として、たとえ世の反逆に遭遇しても、その生き方はたえず純粋でかつ美しくありたいと願っていた。そしてそのなによりの証拠はセン夫人への愛が証明している、と。

世は封建の徳川時代から明治と改まり、チョンマゲはザンギリの断髪に変わっても、文学はなお依然として、勧善懲悪主義の戯作《げ》もの、つまり戯《たわむ》れの文学であり、新しいものといえば、せいぜい政治的なものか科学ものの、西洋文学の翻訳《ほんやく》しかなかった時代に、これからの小説はあくまで世態人情をありのままに写すべきもの（写実主義）、しかも人情を第一とし、それも心理的に分析したものでなくてはならない、と主張して、いわゆる人間主義を復活させたのも彼であった。二葉亭四迷も尾崎紅葉も幸田露伴も、逍遙に啓発されて新文学の発展に寄与するようになったのであり、いわば逍遙は、近代文学の方向を指示し、その確立の生みの親でもあったのだ。

加えるに、若いときからイギリスの文豪シェイクスピアについて、その第一人者ともいわれるほど造詣《ぞうけい》が深く、ついには個人でその全戯曲を翻訳するという、世界にも例をみない大事業をなして、シェイクスピアを日本に紹介したり、さらには歌舞伎改良に精力を傾け新史劇を生み、ついには自らの家財を投入して、劇の革新的実際運動に、新しい型の俳優養成に、努力を傾け、幾多の名優・新劇団誕生の母胎となり、今日の新派・新劇・児童劇、そして歌舞伎の隆盛をみるに至ったのである。

その他逍遙の業績は、文学・美術・劇・思想・教育と、あらゆる文化の広きにわたり、しかも明治・大正・昭和の三代を通じて、常に時代をリードし啓蒙していったことである。

かつて『逍遙選集』出版のみぎり、その友人や弟子たちが相集まり、出版趣意書にこう書いた。

「『一人にして数世紀なり。』逍遙が他の名匠にあたえたこの賛辞は、あるいは彼自身においてこそふさわしい。」と。

まことにそのとおりだと思う。

いつの世にも、時代をリードし啓蒙してゆくことは、多くの苦難が伴うものである。明治が遙かなる忘却のかなたへ、あるいは去りつつあるかに思われる現在、われわれは百花繚乱《りょうらん》として咲き乱れる現代文学の礎《いしずえ》となった、先達《せんだつ》坪内逍遙の、その人間味あふれる生涯と、偉大な業績に接することによって、新たな感慨と、そして改めて現代を生きる意義とを考えさせてくれる。

逍遙は、確かにもっと見直されるべき人なのである。

故郷とその幼年時代

山紫水明の地　故郷太田　木曽の桟《かけはし》、太田の渡し…近年歌にまでうたわれた中仙道太田の宿駅は、美濃と尾張の国境にあって岐阜・名古屋・飛驒・信濃路への分岐点となり、いわばその街道の要《かなめ》であった。

現在では、中部山岳地帯を横断する高山線が通過するほか、鵜飼《うかい》で有名な長良《ながら》川をさかのぼる北美濃への越美南線、あるいは太多線の発着駅ともなっていて、気候温暖・湿度・雨量ともに適度な理想郷、正しくは美濃国加茂郡太田村（現在の岐阜県美濃加茂市）こそ、坪内勇蔵（のち雄蔵）の生誕の地であった。

この太田に尾張藩（徳川家）の代官所があった。代官所および代官所役人の住宅は、悠々たる木曽の流れをのぞむ岸辺の一角にあって、御陣屋または陣屋と呼ばれ、逍遙も父が代官所役人であったところから、この役宅で産《う》ぶ声をあげたのである。時に安政六（一八五九）年五月二十二日、かの黒船到来にひきつづき、世に安政の大獄として知られる、攘夷《じょうい》、開港論のはなばなしい、幕末騒然、世相険悪の年であって、吉田松陰、橋本左内、頼三樹三郎ら多数の志士が刑死し、水戸《みと》斉昭《なりあき》が禁固処分を受け、そして横浜の港が開かれた。しかもその翌年には、開港論者であった大老井伊直弼《なおすけ》が、桜田門外で水戸藩士のために非業《ひごう》の最後を遂げている。

逍遙の父は尾張藩代官所付《つき》の手代《てだい》、坪内平右衛門信之《のぶゆき》、当時四十七歳、母はミチ女、三十九歳、逍遙はその第十番目の末子で、兄弟は、男女おのおの五人であったが、兄二人姉二人は若死、そのために事実上は三男として育てられた。幼名を勇蔵、名のりは信賢《のぶかた》と名づけたのも、武士の子らしく強く勇ましく育つことを願ったからであったが、実は全くの母親っ子であったらしい。ともあれ、のちにみずから勇蔵を雄蔵と用い、ついに戸籍面までも改めてしまったのは、勇の字が自己の性格とほど遠いことを知り、しかも前途に夢多き青年であってみれば、「雄」の字こそ適当であると判断したからにちがいない。

また、彼がその幼年時代を過ごしたという代官所役宅の玄関の前には、大きな桜の樹や椋《むく》の樹があって、村々から総代が陳情《ちんじょう》にやってきたり、時には父に叱られていた光景もみられ、すこし離れたお白洲《しらす》からは、桜越しに拷問《ごうもん》の声も聞こえたとか。しかしこの役宅も明治維新後にはとりこわされてしまったので、今はなんらその痕跡《こんせき》をとどめないが、ただ大きな椋《むく》の木だけが残っており、その家も現在の太田小学校西隣り辺であったろうと推定されるばかりである。

勤勉実直で風趣な家系

坪内家の家系は、逍遙の父に至るまで、五代約百五十年間にわたって尾張徳川家に仕えている。五代のうち、は

逍遙生家跡付近より見た木曽の流れ

じめの二代は中島伊助を名乗り、尾張徳川家の御庭組足軽《おにわくみあしがる》を勤めていたが、三代目中島伊助は農家出身の養子であって、どういうわけかいつごろからか坪内姓を名乗り、名も平右衛門と改めた。つまり初代坪内平右衛門である。彼はなかなかの人物で、先代からの足軽を受けついだものの、とんとん出世して代官所手代となり、勤続すること五十年、その間、民治の功績で賞を賜わること数度、きわめて実直な人柄であった。ついで、二代目坪内平右衛門（養子、逍遙の祖父）、三代目坪内平右衛門（逍遙の父）と、太田代官所手代を継いでゆくが、いずれも堅実で、勤続年数の長い模範的役人であった。特に父平右衛門は、「年来存入《ぞんじいり》厚く相勤《あいつと》め、農民取廻し方等行届《かたとうゆきとど》き候に付き、」とおほめにあずかり、家の格も御徒士《おかち》格に上げられて、禄《ろく》も二度加増された。やがて明治元年、今までの代官所が総官所《そうかんじょ》となり、平右衛門も手代から属吏《ぞくり》と変わって、名も平之進と改め、ひき続き調べ役を担当したが、翌年辞職して、名古屋へ移住、明治十五年、七十一歳で没している。

また母ミチは尾張国春日郡大曽根（現在の名古屋市東区大曽根町）、酒造業松屋藤兵衛の娘であった。元来松屋は弥兵衛といい、初代は阿波国徳島城下佐古町の紺屋職松屋の出身で、いつのごろか名古屋城下竹屋町に移り住み、紺屋職と金貸業を営んで、一時ずいぶん繁盛したが、不良貸付のための回収難が原因で、二代にしてついに破産同様におちぶれた。それを三代目藤兵衛が、心機一転、大曽根村で酒造を始め、再興したのである。藤兵衛はまた「五道」と称するこの地方の著名な俳人であったが、不幸にも二度まで妻に死に別れ、三度目にめとった妻がリオだった。リオは早くから織田家の奥向に仕え、文学や歌道のたしなみが深く、五道との間に一男一女をもうけたが、五道死後その一女をつれて二代目坪内平右衛門の後妻となった。その一女こそ逍遙の母ミチだったのである。しかも当時平右衛門には、先妻との息子与三郎（後の三代目平右衛門つまり逍遙の父）があり、この与三郎にミチをめあわせた。これが逍遙の両親である。

以上の家系から考えられることは、おおむね父方《ちちかた》は勤勉、潔癖、着実という面で、母方は風流のたしなみ、文芸趣味という面で、それぞれのちの坪内逍遙に影響しているのである。晩年逍遙は、父についてつぎのように回想している。

「肉体的にも精神的にもごく潔癖家で、几帳面な気むづかし屋であった。口数少なく、同輩へは勿論《もちろん》上役へ向かっても、決して追従《ついしょう》や世辞をいったことのない、ごく無愛想な、真面目くさった顔の男であった。……」（「私の寺子屋時代」）

こうした不言実行型の誠実な人柄は、代官の信任、同僚の人望、そして民治の上にもよき効果をもたらした。

また、母については、

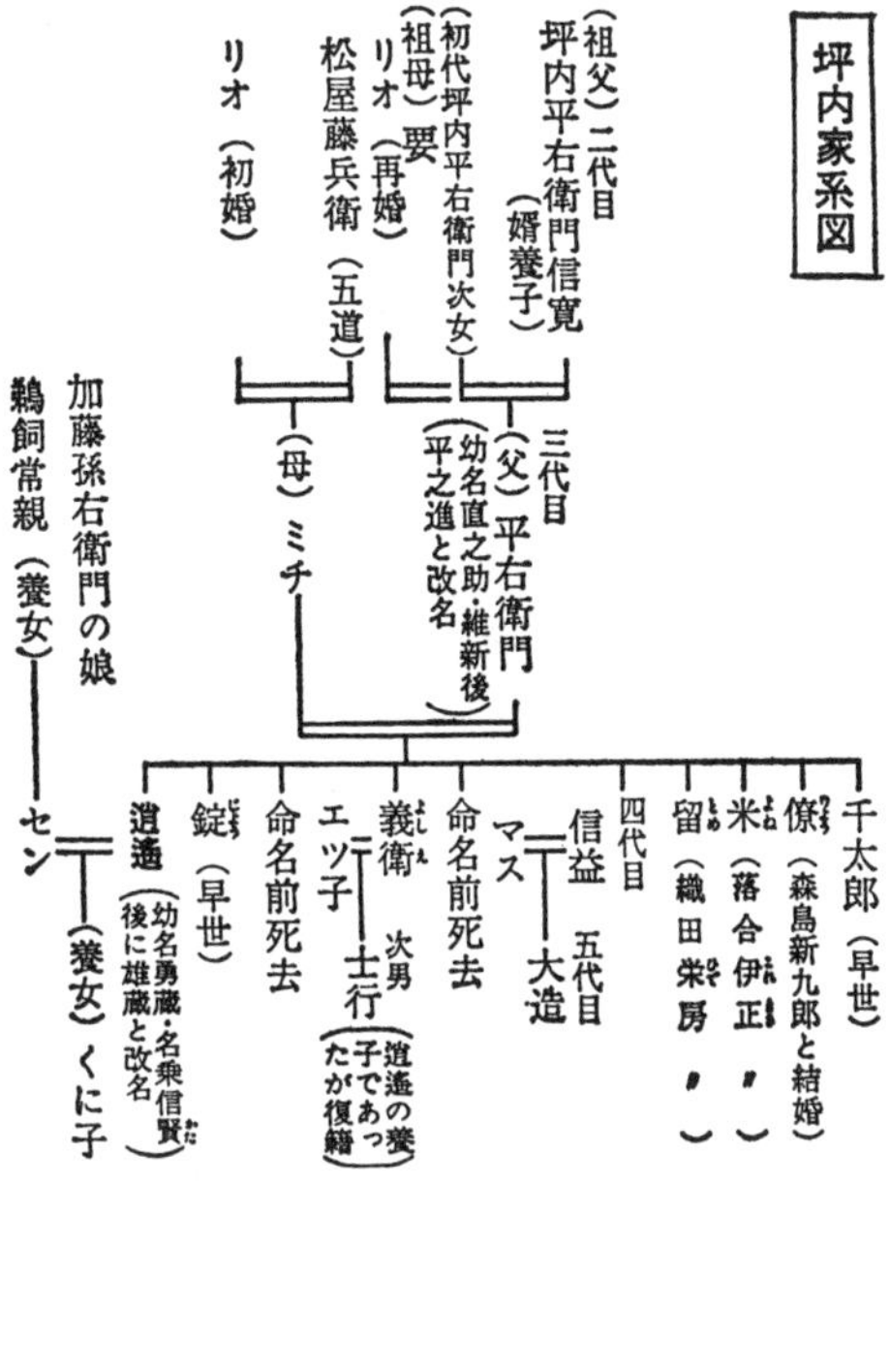

「母は本来名古屋生まれで、その父は風雅と闊達とで産を傾けたと評してよい商人であり、俳人であったので、その親戚縁者の中にも多少ずつ文芸に携《たずさ》わっている者があったせいか、生得《せいとく》の芸事好きでもあり、いくらかの芸術的たしなみもあった。私が比較的早くから草双紙《くさぞうし》になじんでいたのは、母が太田のいなかにいてさえ、始終《しじゅう》のように何らかの新旧小説類を取り寄せていたからであった。」(「歌舞伎の追憶」)

そのころの太田には本屋がなかった。しかし年に二回ほど、名古屋から行商人がやってきて、文房具、化粧品、新版草双紙類を置いていった。あるいは太田からやや北西にあたる関駅からも、毎月一回ずつ貸本屋が巡回してきたが、母はここからも、小説物語の類をたくさん借り入れた。彼女は子どもに乳を与えて寝かせるとき、必ずその子の好む本を読み聞かせるか、話をしてやるのがならわしだった。特に逍遙は末っ子であり、六歳ごろまで甘えて乳を飲んでいたという。とすれば、おそらくその幼い胸には、数多くの夢が広がりはぐくまれていったことでもあろう。

逍遙のことばは続く、

「観劇は母の最上の娯楽であったらしい。がこれだけは太田に居てはどうもこうもならなかったので、

父と母と逍遙
(右より母ミチ・父平之進・逍遙)

年に一度ずつの名古屋行きに、稀にその渇望を医したであろうかと推測される。…」(「歌舞伎の追憶」)つまり逍遙の演劇への執心もまた母からの賜物《たまもの》であり、のちのちも、彼女によって演劇への関心が開かれたのである。

紙食い虫

とかく末っ子は甘やかされる。みんなにかわいがられ大事にされるので、内弁慶《うちべんけい》の外ねずみ、わがままであるかわりに内気な人間となりやすい。逍遙の場合も、その幼少時代は内気であった。彼は白い紙をもらっては、ひとり気ままに人物や動物を書きちらし、これに彩色するのが楽しみだった。ために「未年《ひつじ》生まれの紙食い虫」と呼ばれもした。この紙食い虫が紙を食うとき、水を汲んでやったり、墨をすったり、岩絵の具をといてやったりしたのが祖母のリオであった。絵ができあがると目を細くして、「よくできた。よくできた。」といってほめてもくれた。祖母には、この最後の孫が実にかわいくてたまらなかったのである。その祖母は彼が五歳の十一月、不帰の客となってしまった。すると逍遙は、今度は次兄義衛に鳥羽絵《とばえ》まがいの戯画をねだったり、草双紙の絵を見ては、母や兄たちにその絵解きをねだったりした。あるいは大型絵入り百人一首をもてあそんでは、その人物の目鼻の特徴から着ている烏帽子《えぼし》や衣裳まで覚えてしまい、あるいは七代目市川団十郎や五代目瀬川菊之丞、そして松本幸四郎だの市川小団次だの、その似顔になじんでいった。一方読書も草双紙から馬琴へとしきりに読んだ。

のびのびと育ってゆく勇蔵少年にとって、きょうだいの影響も大きかった。長兄信益は孝心あつく両親自慢の子であったが、逍遙にはこわい兄であった。たとえば尺何寸の字突きで見台《けんだい》をピシリッと打って、「実《じっ》語教《ごきょう》」の類から読み書き算盤《そろばん》、小謡《こうたい》の手ほどき、あるいは木刀の型にいたるまで教えてくれた。またこのころの逍遙は話を聞くのが大好きで、二人の兄にしつこく話をねだる。それをうるさいと思ったときは、だしぬけにいやがらせの怪談を始め、ふっと行燈《あんどん》を吹き消して、気味の悪い声を出して、「ワアッ!」と泣かせて一挙に追っ払う手段をとったのもこの人だった。

長兄にくらべ次兄の義衛は優しかった。年は九つ違っていたが、よく逍遙の遊び相手になってくれた。彼は器用であり文才もあったので、鳥羽絵まがいの画帳や自作の草双紙などで勇蔵少年を喜ばせたり、ときに書物の素読もみてやった。

　この木の実ふりにしこともしのばれて山椿花いとなつかしも

のちにこの時代を偲《しの》んだ逍遙の歌である。

時勢の流れ

逍遙の幼少時代は、とうとうと流れる濁流のように、時勢が大きく変わりつつあった。朝廷と幕府の対立も、年を追ってますます尖鋭《せんえい》化しようとする動きの中で、逍遙が子ども心に、はじめて現実に恐ろしいと感じたのは、元治元年、彼六歳の十一月であった。武田耕雲斎《たけだこううんさい》のひきいる水戸浪士の天狗党一千余人が、その西上の途中、すでに松本、諏訪の藩兵を和田峠に打ち破って、しだいに太田陣屋の支配下に向かって進んでくるという報《しらせ》がしきりであった。太田陣屋は尾州家直轄の代官所である。で、役人たちも宿駅の人たちも、当然戦いになるものと緊張した。当時、代官の高田意六は新任であり、処置のいっさいは上席手代坪内平右衛門（逍遙の父）に任された。平右衛門はまず名古屋の本藩に指示を仰いだが、何度早打ちの使いを出しても返事がない。名古屋でも、勤皇、佐幕二派の対立がはなはだしく、特に尾州家は御三家という微妙な立場にあったので、何とも指図《さしず》しかねていたのである。といってぐずぐずできない。天狗党一行は今落合《おちあい》から御嶽宿まで迫っている。平右衛門は悲壮な決心をした。そして藩命を待たず一行を自由に通行させるよう進言した。これには代官はじめ強硬派が絶対反対、一時は迎撃の線まで打ち出されたが、平右衛門は、あとの責めを一身に背負うということでけっきょく通行を黙認、宿役人は平素のとおり陣屋の門を開いて事務に従事した。浪士の一行は東から西へ、黙々として通っていく。それを逍遙は恐いも

逍遙とその兄弟
右より、次兄義衛、その妻えつ女、次女米《よね》女、
一人おいて長姉鐐《りょう》女、逍遙、末姉とめ女。あと略

の見たさに、袖無しチャンチャンコに小刀までさして（刀はかたわらの人が機転をきかして店の衝立《ついたて》に隠してくれたが）宿場のたばこ屋の店先で見物していた。浪士一行は、中に負傷者も病人もあり、総体に疲れているようだった。逍遙は恐ろしいまま、しかしじっと眺めていた。と、ひとりの年配の侍が、行列からつかつかと歩み寄ってきて、その大きな手で頭をなでながら、「小僧や、陣羽織だな、偉くなれよ。」といって足早に立ち去っていった。あるいは故郷へ残してきた自分の子どもでも思い出していたのであろうか。逍遙にとっては、忘れられない少年の日のひとこまである。

その間にも、時代は音をたてて急転していった。慶応三年十月、将軍慶喜は大政を奉還、十二月には王政復古、これで天下の大勢も落ち着いたかにみえたが、翌明治元年には、鳥羽伏見の役で朝廷と幕府の正面衝突、東征軍の出発となる。尾張藩も勤皇ときまって官軍となった。こうして逍遙の太田時代は、あわただしい歴史の流れとともに暮れ、翌明治二年には、一家は名古屋へ移住することとなる。

少年時代

第二のふるさと　笹島

落日に金色さんぜんと輝く名古屋城のしゃちほこは、かつて徳川御三家として誇り栄えた昔日のおもかげをそのまま残してはいるものの、今、高層ビルの林立する名古屋駅付近は、逍遙の少年時代には、全くさびれた郊外の一村落にすぎなかった。逍遙の第二のふるさと笹島は、その名古屋駅にほど近い。

ここへ逍遙一家が移ってきたのは明治二年のことであった。それまで勤めていた太田陣屋の手代役という名称も、今は北地部宰方属吏《ぶさいかたぞくり》と改められ、みずからの本名も、平右衛門から平之進に替えた逍遙の父は、すでに年も五十七歳、役人の職務にもようやく疲れを感じていた。子どもたちも、十一歳の逍遙のほかは、女の子三人はすでに同じ藩士の家に嫁し、長男は東京で官吏、次男は当地の草薙《くさなぎ》隊司令官、もう後顧《こうこ》の憂いはない。まして藩では時代の変移とともに帰農を奨励している。その方針にそって今こそ後進に道を譲るべきだ、そう決意して隠居を思いたったたものらしい。

折りも折り、上笹島のとっつきの角屋敷が売り物に出ていたので、さっそくこれを購入したというわけである。

「…ともかくも土蔵が一棟《ひとむね》付いており、地坪はたかが五、六百坪でもあったろうが、築山があり、蓮《はす》や藺《いぐさ》や河菅の茂る泉水があり、丸太三本の橋があり、青いうちから捥《もぎ》っては叱られた蜜柑《みかん》の木の大きなのが三、四本あり、矮《ちび》の自分よりも背の高かった種々のつつじがあちこちにあり、その築山の最高所に立つと、すぐ前の黒塀の頂きをずっと抜けて、忍び返しの間からずっと遠くまで、中の笹島、下《しも》の笹島、ちょうど今の名古屋ステーションの界隈《かいわい》まで、一面に青々とした田の面が見渡された。」(「私の寺子屋時代」)

と述べている。

また、同じ追憶によれば、「この家の表面《おもて》の一方は板塀、一方は門と屋根つづきの二間建ての長屋、細長い納屋も付いており、角屋敷だから、すぐ前が往来（道）、横が往来、東北方には水田をへだてて名古屋の市街、隣家はわが家と同じ往来の並び、その前後左右はほとんど水田ばかりであった。往来はやっと一間ほどの幅であったが、一方は名古屋へ一方は日比津海道へ、一方は佐屋海道へ、一方は秀吉や清正の出身地中村方面へ、という四辻にあたっていたので、宅の前十間四方の所だけが、自然、一種の共同地になっていて、そこに小さな観音堂があり、老夫婦が堂守としてその堂にふさわしい一間を建て、駄《だ》菓子の屋台店を出していた。またそこには小さな植込みもあって、村のわんぱくや馬方や人足や村方回りの小商人《こあきんど》がよく集まっていたが、特に観世音の縁日《えんにち》や盆時分には、この小コンモン（共有地）が村の公園の役回りをし、村の老若男女が納涼かたがた集まってきて、夜がふけるまでざわめいたり話し合っているのが例であった。逍遙は聞くともなしに、この村相応の、いろいろのスエイン（若者）ラッス（娘）のロマンスをも、洩《も》れ聞いた」と語っている。まるで芝居のト書《とがき》でも読むような話の中に、なつかしい土のにおい、ロマンの香りがそこはかとなくしみ透ってくるではないか。因《ちな》みに、この辻の観世音は今も近代都市

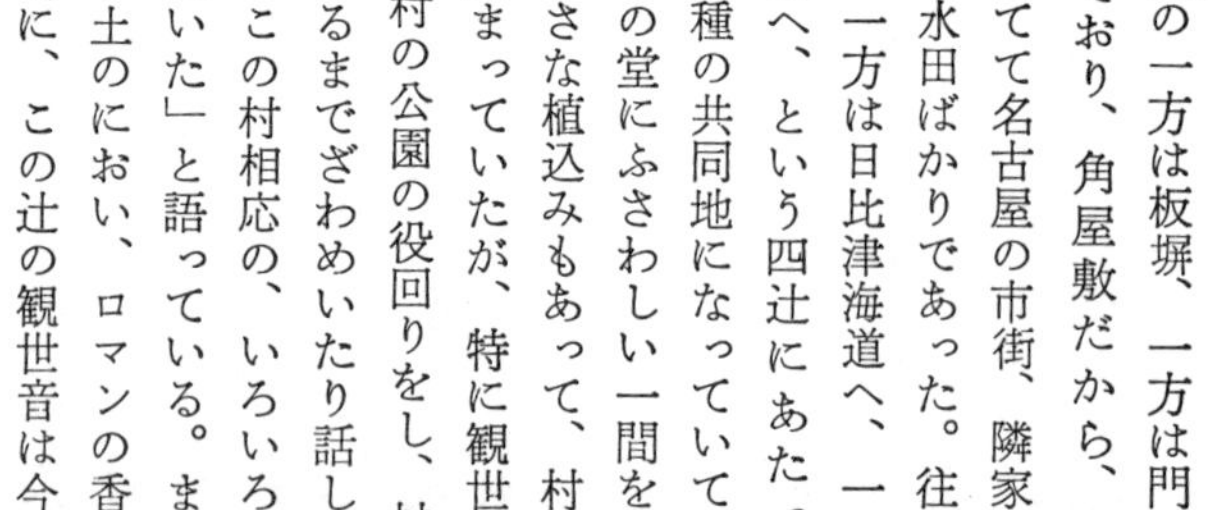

その昔のおもかげ残す名古屋旧住宅跡（右）と観音堂（左）

の四辻にあって、なつかしい近世の市井《しせい》の味を偲《しの》ばせている。

笹島に移っての半年後、父平之進は役所を止《や》め、その後は万事母にまかせっきりの隠居生活、平生はその客座敷を自分の居間に占領して、床の間のすぐ前で、いつも煙草盆《たばこぼん》をすえて真四角に坐り、東京の長兄から送ってくる新聞雑誌や新刊書などを読む、という生活だった。

そうした父について、特に逍遙の御難時《なんどき》は、蒸し暑い夏の夕べであった。父は両肌ぬいで八畳の間に涼んでいる。そこへ笹島名物の藪蚊《やぶか》が攻撃、あらわになっている腕といわず肩といわず、チクリチクリと抜け駆けの功名を始める。父はわざと彼らに一吸い吸わせておいて、おもむろにぴしり！ぴしり！みごと血まみれの残がいとしてたたき落とす。ところが背中のだけは手がとどかない。わざととまらせておいて「勇蔵！」と呼ぶ。「オ父《とう》さま。どの辺でやいも？」逍遙がすっとんでくる。「肩の少し下！」「どっちの肩でや？」「右でや、…あ、その下でや！…あっ、くそっ。逃がしっちまった。チョッ！」こうなるとおそろしくきげんが悪い。首尾よくやっつけて賞《ほ》められるのは十度に四度もなかったとか。また非常な信心家であった父は、月の一日《ついたち》には礼服を着用して熱田神宮参拝、その他、名古屋の神社十五・六か所の巡拝、諸仏にちなむ紋日《もんぴ》なども、なかなか多忙をきわめ、お詣《まい》りはいやおうなしに逍遙がその供を命ぜられ、お寺へは母も同行した。とにかくそれほどの熱心さであったから、父の居間となった客座敷から、次の間にも、台所にも、裏庭の祠《ほこら》にも、毎月の三日には一斉に神酒《みき》が供えられたのである。そして、父は毎朝神棚などに「家内安全」をお祈りする。それが約一時間、しかもそのとき逍遙はわざと大きな声で「四書」「五経」などの素読をする。父はそれを聞いて満足する。ざっとそんなぐあいであった。それもこれも平安な笹島生活の思い出である。

まもなく逍遙は寺子屋へ入門した。彼十一歳の七月である。それは名古屋城下巾下新道町《はばしたしんみちまち》という、一面、畑や水田の場末の新開地にあって、笹島からはうねりくねった細いあぜ道を通っていく。寺子屋の先生は柳沢孝之助というチョン髷《まげ》姿の、三十四・五歳の人であった。通ってくる寺子たちも七つ八つから十二・三までの、チョン髷つけたふつうの家の子どもたちで、その数も三十人内外であった。逍遙の習うものは楷《かい》書や行《ぎょう》書、そして「四書」「五経」の素読であった。

寺子屋といえば、意地っぱりの腕白小僧や鼻ったれのからだばかり大きい弱虫がいて、ワイワイ騒いだり、いがみ合ったりするものだが、彼らの場合も、たとえば歌舞伎「菅原伝授手習鑑《てならいかがみ》」に出てくるようなよだれ繰りがいて、年は二十七・八になりながら、月に何度か小さい坊やにいじめられ、台所の土間あたりで、ポタポタ大粒の涙をこぼして泣いていたとか。その他寺子屋の思い出といえば、休憩時間の「へのへのもへい」式のいたずら書き、あるいは墨のかけらの引っかけ合い程度であった。かくして逍遙の寺子屋通いは、足かけ四年続いたが、ほかに四条派画家、「木田《きだ》草堂」にも入門した。木田は京都の岸駒《がんく》およびその子岸岱《がんたい》について画道を究《きわ》め、名古屋で名声を挙げ、藩の御絵師となり、当時画家としては名古屋一の名手であった。後年逍遙は、「何の修養にもならなかった。」などと述懐しているが、小説家・劇作家としての、彼の美的感覚や写実（観察）に役立っていないはずがない。第一小説「当世書生気質」の下絵といい、劇の舞台装置や衣裳の考案、さらに晩年の戯画などもまったく専門家の腕まえである。

心のふるさと
貸本屋大惣

だが後年の逍遙の文芸活動の素地をつくったものは、寺子屋の教育ではなく、むしろ大惣から借りた草双紙や母に伴われての観劇であった。

大惣とは名古屋長島町にあった貸本屋「大野屋惣八」のことで、貸本屋大惣としてすでに七代目、曲亭馬琴や十返舎一九もここの主人と親しく交わり、文化・文政以降の戯作者たちも、それぞれ深い関係を持ったと伝えられる、日本でも最古最大の貸本屋であった。彼は寺子屋へのいきかえりの道すがら必ず立ち寄り、ときには風呂敷いっぱいに借り出して夜もすがら読みふけり、あるいはおもしろいところを抜き書きしたり、日曜日には弁当と座ぶとんを持っていって、大惣の冷たい土蔵の中にすわり込んで、一日中読みふけるという凝《こ》りようであった。後年そのことを追憶して、彼は次のように述べている。

芝居絵「桃山譚《ものがたり》」国周筆
（明治6年村山座）

「…大惣は、私に取っては、お師匠様格の働きをしていたといってよい。とにかく私のはなはだ粗雑な文学的素養は、あの店の雑著から得たのであって、誰に教わったのでもなく、指導されたのでもないのだから、大惣は私の芸術的心理作用の唯一の本地《ほんち》、すなわち心の故郷《ふるさと》であったといえる。」と。

逍遙の芝居好みは、主として母の影響によるものであり、名古屋へ移住してからは、一の姉の芝居好きもその刺激となっている。しかし大惣からの影響も決して忘れてはならない。なぜなら、ここで借りる江戸文芸の大半が芝居の世界に連っており、その筆運びも劇的なら、さし絵も俳優の似顔絵で描かれていたからである。

また幕末の動乱に、一時さびれていた芝居町も維新とともに復活して、それら草双紙類でおなじみの物語を、これもおなじみの名優たち、嵐璃寛《あらしりかん》・嵐雛助《ひなすけ》・市川団蔵・中村宗十郎・中村歌六などが続々来演、近松ものから河竹默阿弥の新作に至るまで、目の前で演じてくれるのだから、彼はますます陶酔し、多くは母と、ときには姉や姪《めい》と、毎回のように観劇した。彼の述懐はこう書いている。

「…私の読みふけった草双紙は、とりもなおさずその頃の活動写真とも見なすべきものだが、劇はその役者の似顔で描いた草双紙の内容が、その表紙絵の極彩色のままで、活《い》きておどって物を言うのだから、私はただわけもなく、芝居がおもしろくておもしろくて仕方がなかった。…」(「私の寺子屋時代」)

明治四年逍遙十三歳の二月、上京以来とんとん拍子に出世していた長兄信益が突然帰省した。四年ぶりに老父母を慰めるためと、今文明開花の首都として面目を一新している東京へ、両親を見物に同伴するための迎えであった。けっきょく母は病気がちであったため父だけが上京したが、この長兄の滞在が、逍遙の将来に重大な示唆《しさ》を与えることとなった。というのは、長兄は、父に弟の将来の教育方針や寺子屋における学習の実状を聞き、「こんな書を習っていた日には師匠以上になったところでなんの役にもたたない、すぐ取りかえさせなくちゃいけません。」と勧告、かわりに外国語を学ばせることと、一日も早く東京へ出すことの必要性を懇々と説いたのである。

洋学校

名古屋に初めて洋学校が創立されたのは、明治三年六月である。それは、英・仏二科の語学を教授する藩黌《はんこう》（尾張藩の学校・黌は学び舎の意）であり、翌四年の廃藩置県の結果、名古屋県英語学校となった。逍遙の父は、明治五年八月、この学校へ兄弟二人《ふたり》を同時に入学させた。次兄は変則科、逍遙は本科であった。長兄からは、弟たちの英語勉学を奨励し、英和辞書や英国史など送ってきた。ところが、英語学校は中途で廃校、やがて県立成美学校という名前で復活した。逍遙はすぐ再入学したが、次兄は就学をとりやめた。しかるにその成美学校もまた廃校、かわって文部省が愛知外語学校（のち愛知英語学校と改称）を設立、改めて生徒を募集し始めた。これは官立であり、政府が全国を八大学区に分けたもので、校舎は成美学校があてられた。逍遙は明治七年開校と同時に入学した。修業年限は四年、ただし学力考査によって、学年が分けられたので、明治九年二月には早くも第四学年級第一期生第三級にその名を連ねた。クラスメートは八名、そのうち二名は旧英語学校・成美学校で逍遙が教えてもらった先生であった。逍遙の進歩のほどが推察される。またのちの海軍大臣八代六郎は同窓であり、三宅雄二郎のちの雪嶺も一級下であった。

学校には数名の外人教師がいたが、特に米人のドクター、エッチ＝レーザムのゼスチュア入りのエロキューション、同じく米人マックレランの教科書中からとったシェイクスピア劇の朗読は、逍遙に深い印象を与えた。

「彼がハムレットのセリフを、立って身振り混りで、ポケットのナイフを逆手に持って、ツービー＝オアーナット　ツービーなどと、表情までして朗読してくれたのは、不思議に今もなお耳に残っている。私が外国劇のセリフ回しらしいものを聞いたのは、実際それが初耳であった。」（「逍遙」）

　この初めての印象は、奇《く》しくも彼をして、のちにシェイクスピア翻訳という大偉業をなさせることになったのである。

青年時代

開成学校入学

　明治九年七月、逍遙は官立愛知英語学校を卒業し、直ちに県の選抜生として上京、東京開成学校（のちの東京大学）の入学試験を受けることになった。同行は愛知英語学校の八代ら同級生四人を含む計八人、これに東京開成学校の生徒加藤高明が加わり、何かと世話をやいてくれた。

　開成学校は当時神田一つ橋、現学士会館のところにあって、普通科と本科に分かれ、修業年限はそれぞれ三か年、本科はさらに法学・化学・工学の三科に分かれ、普通科は本科へはいるための予科であった。入学試験は九月、逍遙は首尾よく合格した。このとき彼とともに入学したのは、全国七か所の官立英語学校から集まった俊才七十九名、それらが皆普通科に編入され、さらにＡＢＣの三組に分かれて所定の課業を受けることとなった。逍遙が受講した科目のうち、文学に縁のある学科といえば修辞学と英文学くらいのもので、他に物理・数学・化学・博物学があり、すべて英語による講義であった。

元来逍遙がここで学ぶことになったのは、父兄は将来彼を高級官吏として官途に就かせようと思ったからであり、逍遙自身もただ漠然と、文科系に情熱を持っていた程度である。まして文学者になろうなどとは、だれも思っていなかった。

文学への目ざめ

明治10年開成学校寄宿舎の友人と
（前列右逍遙）

入学二か月後の十一月から、学生はすべて寄宿舎にはいった。建物は純然たる洋館、部屋はそれぞれ八人制、みんな各府県から選ばれた給費生で、百人百色、蛮カラではあったが自らを伸ばす自由と無邪気さがあった。そうした寄宿舎における生活の断片を、彼の追憶談の中から拾ってみると、

「…わずか三十分（事実は一時間）の夕方の散歩時間に、一つ橋から上野の池の端まで駆けて行って、水月《すいげつ》の汁粉を三杯食って走り戻り、首尾よく門限に間に合わせた男もあった。同じ三十分間内に、大きな凧《たこ》を一つ携《たずさ》え、広小路まで行って、うまく飛ばせて、糸を引張りながら駆けもどった学生もあった。毎晩のようにベットの上に端坐して、円朝や燕枝（落語家）の真似《まね》をしたり、役者の声《こわ》

色《いろ》を使ったりして、同窓のお伽役《とぎ》を勤めた男もあれば、義太夫を語るのに浮身をやつす者もあり、あるいは事々に人の説に反対して、口角泡を飛ばすのを学課以上の仕事にしていた男、かと思うと、半年に一度も入浴せず、しょっちゅう垢だらけの衣服を着て、隣席の者を臭気で悩ます男もあった。…」とか。そんな中で、逍遙は自分自身をいかにも特色のない男であったと語る。意気地のない、怠《なま》け者の、のんきな極楽とんぼの学生であり、しいて他とちがっていた点をあげるなら、遠足などで、興に乗じて駄洒落《だじゃれ》をいい、それを種におもしろおかしく戯文式に書きなぐったり、ときどき拙い馬琴調で、小説の断片のようなものを綴《つづ》って、余暇を徒《いたず》らに費していたことだという。

このうち、円朝や燕枝の真似を得意としたのは赤井雄（のちの正金銀行ハワイ支店長）で、逍遙と二人で発起《はっき》して、九番館（逍遙の宿舎）の連中で筆写の回覧雑誌を出したこともあった。また赤井が為永春水ばりの人情小説を書き、逍遙がそのさし絵を描いて好評を博したこともあった。その他逍遙と親交のあったものに、高田早苗（半峰・のち早大学長）がいる。彼は同室ではなかったが、馬琴や団十郎好みがふたりを結ばせたのである。この高田との出会いによって、逍遙は文学への目を開き、その未来が方向づけられていったのである。

明治十年四月、東京開成学校は、法・理・文・医の四学部よりなる東京大学となり、開成学校の予備校的存在だった各地の英語学校は廃止され、大学予備門が誕生した。開成学校の普通科三年は東京大学本科一年へ、二年以下はそれぞれ予備門の上級、最上級へ編入、逍遙も予備門最上級生となった。そして翌明治十一年九月、逍遙は二十歳で予科のコースを修了し、九月本科へ進学した。専攻は法文学部政治学科であった。

大学ではホートンが英文学を担当、チョーサーやスペンサー・ミルトン・シェイクスピアを主として講じたが、ホートンは純然とした学究的タイプの人であった。だがこのころ逍遙に西洋小説への手引きをしたのは、ホートンではなくむしろ同級の高田早苗であった。高田の著『半峰昔ばなし』によれば、彼は当時よく小川町あたりの牛肉屋へあがって肉をつつきながら、あるいは、寮の小使部屋の炉辺《ろばた》などで、岡倉覚三、福富孝季らと、西洋小説について語り合ったそうである。ユーゴーの『レーミゼラブル』、デュマの『モンテークリスト』、スコットの『アイバンホー』、さらにデュマと馬琴、スコットとリットンの優劣論など、盛んに論じ合ったが、そんなとき、逍遙はただ無言でじっと傍聴していたにすぎなかった。

明治十二年九月、逍遙は本科二年へ進んだ。この学年から法文学部が法学科と文学科に分かれた。逍遙らの同窓で文学に進んだのは、坪内勇蔵・有賀長雄・高田早苗ら八名、他は法学部へと進んでいった。ここで学んだフェノロサの才気あふれる学殖と、熱心な教授ぶりは学生をひきつけ、その哲学史の講義も雄弁で、逍遙は筆記に困ったようである。この年の秋から、寮では山田一郎・市島謙吉が、高田早苗や逍遙らと同室することになった。山田・市島は和漢洋の文学趣味を豊富に持っていたため、この部屋の文学熱がどっと燃え上がった。彼らはよく神保町の松月という天ぷら屋へいっては、文学を論じ酒をくみかわした。後年の小説『当世書生気質』は、この松月でその材料と暗示とをえたのである。

明治十二年十二月、かつて中風のため病院で加療中だった兄信益は、退院後熱海に転地し、入院中から看病につとめていた逍遙も、そのまま熱海に同行して世話をした。このとき訳した小説が、スコットの『ラムマアムーアの新婦』である。それは原作の約五分の一であるが、風俗・人物すべて日本の武家時代に翻案した、いわゆる馬琴調の意訳であった。出版は、東京英語学校教師橘顕三訳の『春風情話』として発行、まだ大学生であった坪内逍遙では、市場での価値が乏しかったからである。これはスコットの作品中、日本で紹介された最初のものだった。

落第した極楽とんぼ

逍遙は自らを極楽とんぼなどというとおり、学年が進むにつれて、あまり勉強せず、だんだん小説類をむさぼり読み、寄席《よせ》でときをすごしては寄宿舎の門限に遅れるという生活が多くなった。そして第三学年学年末試験に、ついに落第してしまったのである。原因はフェノロサの科目を失敗したのと、ホートンの「王妃ガーツルードの性格を評せよ。」の問題で、王妃の性格を行為とみなして、それを東洋の道徳にのっとって批評するというミスを犯したのだった。考えればうかつであった。のんきすぎていた。特にその前年の秋、母のミチを失っているので、母親っ子であった彼はいっそう悲痛であった。彼はいたく反省し、この苦《にが》い経験を機に、今度こそ大いに身を入れて勉学した。英書による文学論や評論をますます読みあさり、東西文学の比較にも深く首を突っ込んでいった。彼がその名「勇蔵」を「雄蔵」と改めたのもこのころだったのである。

落第により、逍遙は文学部三年級を再修することになった。同窓生八名中、四学年へ進級したのは有賀・高田・天野・山田の四人であり、福井・真崎の二名は不明（進級していない）、市島は進級したものの卒業前に退学してしまった。しかし彼らの友情は依然として変わらなかった。中でも高田は、給費生の資格を失い、寮を出て自活の道を歩まねばならなくなった逍遙に、私立予備校「進文学舎」を紹介した。逍遙はここで教えつつ、下宿先の神田猿楽町に、自らも「鴻臚《こうろ》学舎」という看板を掲げて学生を教えた。のちの硯《けん》友社の川上眉山・石橋思案らは、「進文学舎」で彼に英語を習った人たちである。

このころ、やはり同宿させて教えた学生に、のちの東京大学教授法学博士山崎覚次郎がある。この山崎を世話したことが機縁となって、山崎の父が重役であった掛川銀行の頭取永富謙八を知ることになり、永富は逍遙の温厚誠実に感心して、ついに長子雄吉の監督を託し、陰に陽にその生活を援助した。

父の死

こうして自活の道も開け、逍遙も少し落ち着いた、と思った矢先、父其楽《きらく》（もと平右衛門の号名）の死が報ぜられた。明治十五年一月のことである。しかしかれは母のときと同様、その臨終に駆けつけることができず、ようやく二月になって帰郷した。二人の兄に会って、父死後の家事のことや自らの将来について話し合ったが、遺産配分については固く辞し、その真意を明らかにした両兄宛《あて》の書状を残して上京した。その書には、「自

当時の高田半峰と逍遙（右）
（明治16年 9月下旬）

分が両親の御高恩を受け、東京に遊学させてもらう身でありながら、看病をせず、臨終にも会わなかった不孝を詫び、遺産分与のことがあっても自分は除いて貰いたい。有形の物はいただかずとも、自分には学歴という無形の財産がある。以後上京しても一銭の援助もいらない。ただ今回帰省した費用八円と、東京への旅費いくらかだけは、不本意ながら拝借させていただきたい、なお独立独行でゆくからには、今後経済上・勉学上、帰郷もできないが許してもらいたい。またあと一年ほどで大学を卒業することになるが、万一在学中病気になったときだけは、どうか御援助願いたい。」とあり、いかにも青年らしい、頼もしい気概が示されていた。

実際彼は、その後ますます意を決して、教えるための寄宿生をふやし、人数が多くなれば二度・三度と下宿先をかえ女中を雇い、一方啓蒙的政治戯文や著訳にも力を入れた。雅号「春の舎おぼろ」はこのころから使いはじめたものである。そして明治十六年七月、めでたく東京大学文学部政治経済学科を卒業し、十月学士号（文学士）を授かった。

小説の革新

就職と翻訳　大学を出た逍遙は、その年九月から友人高田の配慮で、東京専門学校（現早稲田大学）の講師となり、外国歴史・英国憲法論などを講じたほか、上級のものには、高田のあとを受けてシェイクスピアの講義を試みた。教え子山崎覚次郎の回想によれば、その講義のおもしろさは頭初から評判であったという。演劇・講釈等に対する嗜《たしな》みが教室でもきわめて自然に出たのであろう。声も朗々として大きかった。

翌十七年一月には、高田の協力をえて訳したスコットの「The Lady of Lake」―湖上の美人―を『泰西活劇春窓綺話』服部撫松（ジャーナリスト）訳として公刊した。これはスコットの作の全訳紹介として、外国文学翻訳史上注目すべきものであった。さらに同年五月、シェイクスピアのジュリアス＝シーザーを全文翻訳した『該撒《かいざる》奇談自由太刀《じゆうのたち》余波鋭鋒《なごりのきれあじ》』が、文学士坪内雄蔵訳として東洋館から刊行、六月六日の読売新聞は、その社説欄で、「東洋初めて訳書あり」と題してこれを絶賛した。逍遙はこれに答えて、五日後の同紙上に、逍遙遊人の名で、「敢《あえ》て当らず敢て当らず」と謙遜している。しかし有頂天《うちょうてん》となっている若い逍遙が目に見えるようである。また、この書でシェイクスピアを「沙比阿翁《シェイクスピア》」としたところから、「沙翁《シェイクスピア》」という略称を生み、これが後々《のちのち》一般にも広く用いられるようになったのである。

翌十八年はますます活躍の年であった。まず二月には英国人ロルド＝リットンの歴史小説「リエンジイ」(Rienzi) を翻訳した『開巻悲憤慨世士伝』の出版がある。ローマの英傑リエンジイが、佳人ナイナ姫を扶《たす》けて一代の偉業をなすという、当時のロマンティック好みの学生に応《こた》えたものであり、政治小説としての役目も果たしている。逍遙はその「はしがき」において、のちにまとめて発表した小説神髄の理論と同じく、勧善懲悪主義の排斥をうたい、曲亭馬琴の作風を非難して、西洋小説の模写主義を主張している。いわば小説神髄の序説ともいうべきか。にもかかわらず、彼自身の用語や文体については、いぜんとして馬琴風の七五調であった。つまり馬琴風の江戸文芸が、それほど深く体質化されていたのである。

当世書生気質と小説神髄

こうして文学革新の第一声は、すでに『慨世士伝』で発表されたが、以前から、彼のそうした新しい文学理論は整理訂正されつつあった。彼は旧稿に手を入れ、かつそれを具体的に示す作品として、「当世書生気質」を起稿し始めた。発表はまず『小説神髄』を、次に『当世書生気質』をというつもりであったが、出版社の事情により逆になった。『一読三嘆当世書生気質』文学士春の舎おぼろ先生戯著、となっていた。

さて、ひとたび「当世書生気質」が公けにされるや、世評は紛々と起こった。曰《いわ》く「卑俗である」曰く「くだらぬ」曰く「外国の政治小説でも訳した方がよい」と。福沢諭吉までが、「文学士ともあろうものが、小説などという卑しいことに従事するとはけしからん」といったという噂《うわさ》さえ、まことしやかに伝えられた。実際世間の批判を待つまでもなく、それまでは、小説は卑しい家業、少なくとも、最高学府出身の文学士の書くものではない、と考えられていたのである。しかし、正岡子規・幸田露伴・内田魯庵など、文人・知識人の中には賞賛するものも多かった。

ともあれ作品の新鮮さ、特に大学出の文学士の書いた小説、ということで非常な人気を博し、芝居にも上演されたほどである。

また「小説神髄」は、明治十八年九月より、翌十九年四月まで分冊刊行した画期的文学論で、この書の指示によって、日本文学は初めて近代に仲間入りをしたのである。むろん当時の学生やインテリは、寄ればすぐ「君あれを読んだか」とたずねるほど、これを歓迎した。

明治十九年から二十年という年は、逍遙にとっても、先の二大作に続いてますます創作活動をした時代であった。まず第二の長編『新暦妹と背かがみ』は、『当世書生気質』同様分冊形式で、十九年一月から九月まで会心書屋から出され、『当世書生気質』以上に文学的で、逍遙自身の結婚論・夫婦論が如実に語られている。

当時学生であった笹川臨風《りんぷう》（のちの文学博士）が「次が出るのを待ちかねて読んだ。おもしろい句は今でも暗記している」（神代種亮氏「逍遙先生の事ども」所引・直話）と語っているように、当時愛読した人々も多かった。しかしにもかかわらず『当世書生気質』ほどには喧伝されなかった。

『当世書生気質』執筆のころの逍遙

次いで第三の長編『内地雑居未来之夢』（明治十九年四月）があるが、惜しいかな中絶である。

『京わらんべ』も、この年六月に出版された。純然たる政治小説という意味では、これは逍遙唯一のものである。国会開設をあてこんだ作品で、明治十八・九年の流行と世相を描写しながら、当時の国民の軽佻浮薄《けいちょうふはく》、便利主義にとらわれた、移り気で皮相的な文化生活を、あきれ気味に諷刺《ふうし》したものである。

逍遙、二葉亭、嵯峨の屋

逍遙と二葉亭四迷《ふたばていしめい》との結びつきは、十九年一月にさかのぼる。二葉亭が、ロシア文学を通して把握していた自らの文学観と、「小説神髄」の作者逍遙の文学観との相違について、直接教示を請いたいため逍遙を訪問したのである。同じ月饗庭篁村《あえばこうそん》が、五月には再び二葉亭が先輩の矢崎鎮四郎（嵯峨の屋おむろ）を伴って訪問、大いに文学観を語り合った。特に嵯峨の屋は、その後逍遙宅に同居してその教えを請うている。こうした二葉亭および嵯峨の屋の逍遙への接近が、やがて彼らの新興文学を生み出す母胎となったのである。

ちなみに二葉亭四迷の『浮雲』、嵯峨の屋おむろの『百人美感 美人の面影』『不如死』（のち『無味気《あじけなし》』と改めた）などは、それぞれ逍遙の指導または補筆を得ての発表であった。特に『浮雲』（明治二十年六月）は、山田美妙の『夏木立』とともに、日本最初の言文一致体を試みた作品であり、そのリアルな手法・心理的掘り下げ方も、全く過去にその例をみない、近代文学史上記念すべき作品（近代リアリズム小説の出発）であった。しかし、これも先に「小説神髄」あればこそであって、いわば二葉亭四迷は、「小説神髄」に述べられた文学論・小説の書き方を忠実に実行したのである。いいかえれば「小説神髄」は、「当世書生気質」よりも「浮雲」によってはじめて生かされたといえるのである。

逍遙の進学を積極的に勧め、上京後も保護者として支援してくれた恩人の長兄信益が、「腸チフス」に斃《たお》れたのは、明治十九年五月であった。このときも彼はすぐに帰ることができず、ようやく九月に暇をみつけて帰郷した。思えば四年前の帰郷のときは、名もなき一介の書生であったのが、今は文名とどろく新興文壇の第一人者であった。故郷では親族懇親会も開かれ、なつかしい少年の日の、観劇の思い出残る劇場「末広座」に、逍遙を歓迎しての学術演説会が催された。それは弁士十人を揃《そろ》えた堂々たる大演説会であり、聴衆三千余人、さしも広い劇場も立錐《りっすい》の余地のない盛会ぶりであった。彼の演説は「美術（芸術）の要は、哲学の講究し得ざる真理を発揮するにあり。」といった主旨のものであった。この演説は、彼にとって一番最初のものであったが、その朗々とした声、巧みな話術、豊富な引例は、ふるさとの人々から大喝采《かっさい》を博した。まさに故郷へ錦を飾ったというわけである。

「結婚」

逍遙は善人だった。純情の人であった。そして何よりも美しく生きることを願うロマンチスト、芸術家肌の人であった。しかし、世事にうとく熟慮に欠ける欠点も持ち合わせていた。そしてそれらは、彼の結婚および結婚後の夫妻の歴史にも如実に示されていると思う。

その結婚は、明治十九年十月二十二日、逍遙二十八歳、新夫人となるべき鵜飼セン二十二歳であった。鵜飼センは、尾張国愛知郡寺野村、加藤孫右衛門の娘加藤センであったが、事情あって、挙式前に遠州横須賀の士族鵜飼常親（掛川銀行東京支店勤務）の養女となり、かつて逍遙が、その子息を監督していた掛川銀行頭取、永富謙八夫妻の媒酌で、めでたく華燭《かしょく》の典をあげることができた。特に逍遙夫妻の場合は、めでたいという実感が深かった。

新婚の逍遙夫妻
（明治24年）

逍遙は大学時代から、あるいは卒業してからも、友人たちと、時おり本郷根津の郭《くるわ》に通ったことがある。「当世書生気質」を読んでも、当時の風潮はうかがえるが、そのころの書生の郭通いは、現在の大学生が、バーやダンスホールに出入りするのと同じ程度の、公然とした、無邪気な、さっぱりしたものであった。特に逍遙ら、文学志望者には、郭は女性観察女性心理の解剖といった点でも、研究調査するのに好都合の場所であった。

逍遙夫人センも、当時、東京本郷根津の郭の、美人のほまれ高かった娼妓「花紫」であった。逍遙が大学時代の友人香取駒太郎などに誘われて、この根津の花街に通いはじめたのが明治十七年、そのときはじめてセン（花紫）を知った。知ってみれば、人柄もすぐれている。いろいろ話を聞いているうち、彼は彼女の身の上に同情せずにはいられなかった。けっきょく十八・九年と通い続け、常に彼女のよき相談相手、ときには楯《たて》ともなり柱ともなっていたが、やがて永富氏の奔走で、めでたく結実したというわけである。しかしとかく世間の口はうるさい。ましてセンは芸妓ではなく、遊郭の娼妓（芸で身をたてる芸妓より一段低くみられていた）であり、逍遙は聖職ともみられる教育者である。当然二人にあたる浮世の風は、冷たくかつきびしいものであった。特に彼の成功をねたみ、その名声を傷つけようとするものにはなおさら絶好の口実であった。だが、そうした非難、ひんしゅく、冷笑にあったのも、一つには彼の熟慮に欠ける点もなかったとはいえない。たとえば彼の新しい家は、彼が青少年達をまじめに教導するのを見て、のちに分割して毎月返金したとはいうものの、パトロン永富氏が建築してくれたものであった。それら若者もいる家へ、突然、夫人が（おそらくは一目でそれとわかる服装で）トランク一つ持って人力車であらわれた。ために憤慨して飛び出した青年もいたほどである。相手が純情熱血の未来ある青年たちであるだけに、逍遙と夫人の行動は軽率であった。驚いた永富氏が中にはいり、士族鵜飼氏の養女という形で挙式したわけである。

結婚観と苦悩

友人高田は、「坪内君は自ら求めて苦労している」と評したが、それは彼（逍遙）の芸術家気質《かたぎ》、あるいはボヘミアン・逍遙の名の示すように、現実を凝視しない欠点、を突いてのことばであったろうか。しかし逍遙の彼女に対する愛情と信念は、さすが微動だにしなかった。むしろ世間が冷たければ冷たいほど、夫人をかばい、それらの眼から避けようとした。またその心情のわかるがゆえに、夫妻の生前、友人や門弟たちはほとんど協力一致して、彼の結婚の細事について触れようとしなかった。だが逍遙夫妻にしてみれば、多くの非難・痛罵《つうば》・軽蔑はすでに覚悟の上であった。二人はますます手をとり合い励まし合い、世間を見返すべく、倫理観に徹した生活態度を示したのである。

逍遙はその晩年柳田泉氏（門下生）に、「わたしは、これで女関係にかけては一つも間違いなくすごして来たつもりだ」と、しみじみ述懐したという。そうした逍遙の対女性関係の清潔さについて、柳田氏は、逍遙自身悲壮な決意であったはずだと説く。

「根本《こんぽん》はむろんセン夫人に対する愛情の深さから、自然そうなったものにちがいないけれども、それはかなり悲壮な決心である。その決心とは『ここにこれこれのわけがあるから、自分は女性に対して決して清潔ならぬ態度をとってはならない』というものである。これこれのわけとは何か、曰く、『自分（逍遙）はこの女性を可憐《かれん》と思うし、彼女も自分を愛している。それに彼女は自分の国に近く生まれたもので、いろいろな不幸が重なってこんな身の上になった。いわばそれは災《わざわ》いであり、彼女自身の不徳不行跡の結果ではない。したがって本人を責むべき筋合いのものではない。むしろそうした家庭に生まれた彼女に同情すべきであり、そういう不幸不運を除けば、良家の子女と何ら違うところはないのである。しかも今自分にすがって、その不幸な境遇から救われようとしている。自分としても、今となっては何としてもこの女性をつき放すわけにはいかない。なるほど一身上の利害から言えば、彼女に自分との事はかりそめの縁とあきらめさせ、自分は別に良家の子女と結婚するにしくはない。その方が世間態《せけんてい》もよく、世間一般の倫理上からも正しいとされ、自分の将来の出世にもなろう。しかし男女間の因縁《いんねん》はもっと深いものではないか。愛情の倫理というものはもっと神聖なはずのものだ。ただ利害や打算だけで片付けるべきものではあるまい。自分が彼女と関係し、彼女に愛情を持ちつつ、又別に良家の子女を妻にするというのは、この神聖な男女の倫理からいえば、新《あらた》に一人の女性を誤らせることになるのではないか。相手が不幸な境遇にいるのを利用してこれをあざむく。なるほどそれが世間の普通かも知れないが、自分にとっては終生心の痛手となろう。自分の真実の立場を通せば、自分が彼女とこうして結ばれたのは天命であろうから、すなおにこれを受け、彼女と結婚し彼女を救い、併《あわ》せて自分を救うのが道であるように思う。それには多くの人の笑いを覚悟しなくてはならぬ。よし、自分はそれを覚悟しよう。その代り、これは熟考の上の実行であるから、将来いかなることがあっても、彼女をこの不幸な境遇から引き上げて、りっぱな女性に仕立て上げよう。教育のある、幸福な境遇に育った良家の子女に劣らぬ女性に仕立ててみせる。真に彼女を救うつもりなら、そこまでいくべきだ……』。これはむろん臆測だが、当時の諸般の事情から、あるいは先生の断片的な述懐から、どうしてもこれに似た決心であったろうし、同時にそれは、一種の背水の陣であったのだ」と。

逍遙の愛弟子《まなでし》であり、逍遙の身近で、直接その教えを受けた氏のことばを、われわれは十分《じゅうぶん》信頼できるし、逍遙の心境は確かにそうだったろう、と察しもつく。しかし逍遙としては、以上の決意や考えをいろいろ世間に公表するわけにもゆかない。ただ世間のいうなりにまかせるより仕方なかったのである。

以上、当時の結婚の事情やら世間の風潮の実情を知るにおよび、われわれは改めて、逍遙の誠実な純情な、そしてロマンチストな暖かい人柄に感心する。なにか美しい物語を聞いたあとの、あのしみ透った感覚である。しかし同時に、彼の歌舞伎人情ものを地でゆくような、少くともそれに影響された二枚目めいた見栄《みえ》、一種のヒロイズムといったものをも感じられるのであるがどうであろう。ちなみにセン夫人は、逍遙没後においても、よく夫の遺志を継いで、倹約を旨とし粗衣粗食に甘んじて、遺産なども、できるだけ多く演劇博物館関係の資料に提供した。またそのつつましやかな行動は、幾多の友人・門下生をして尊敬させたことを付記しておく。

また逍遙は、家庭にあってはセン夫人を、つねづね「おせき」と呼んでいた。これは当時「向う横町のお稲荷《いなり》さんへ、一銭あげて、ちょいと拝んでおセンの茶屋に…」とうたう俗謡が流行していたからである。(せきとは「義経腰越《こしごえ》状」に登場する女太夫「関女」より取ったものである。)

「早稲田文学」のころ

『細君』と一大転機

家庭悲劇『細君』は、明治二十一年十一月初旬起稿十二月中旬脱稿という、逍遙にとって、短編のわりには長時間を要した小説である。それは「当世書生気質」執筆のころの速さと意気にくらべ、ほとんど別人の感がある。だがそのできばえは彼の創作発展史上画期的なものとなり、「当世書生気質」に匹敵するほどであった。にもかかわらず、それが「国民之友」に発表されたときは、ほとんど評判にならなかった。

「やはり駄目だったか…。」

気にしていただけに、そして精いっぱいの努力をしただけに、その失望は大きかった。彼は、今はただ自らの力、修養の不足を痛感するだけだった。そして明治二十二年一月の日記巻頭にこう書いた。

「今年より断然、小説を売品とすることを止め、ひたすら真実を旨とし、人生の観察に従事せんと定む。」

実際逍遙の創作意欲は、以後急に失われ、順次文壇からも引退してゆくこととなる。まして『細君』より少しおくれて発表された、尾崎紅葉の『三人比丘尼色懺悔《びくにいろざんげ》』、露伴の『風流仏』などが名声をうるに至っては、ますます心は消沈せざるをえなかった。では小説をやめて何をなすべきか。それは文学指導という教育の道であった。今までは書くことが主であったが、今後はこれを主としよう。それにしても、居は気を転ずるという。ここらで住居も替え、心機一転、新しい出発としよう。そこで彼は今までの本郷真砂町を引き払い、牛込の余丁町へ新しい家の建築に取りかかった。落成予定は二十三年二月であったが、思い立つともうたまらず、彼はでき上がるまで、その片隅の仮小屋に起き伏した。そして二月、待望の家は完成し、次兄義衛が初めて上京してきた。木の香も新しい新居を見てもらいつつ、久しぶりの兄弟対面は、側から見ても心暖まる思いであった。

新宅が完成するや、逍遙はさっそく東京専門学校の学生有志を集めて、シェイクスピアの研究会を始めた。まず『ハムレット』続いて『ロミオとジュリエット』と、疲れもいとわず、午後三時間以上も続けて指導した。学生たちは感激し、彼らもまた先生に負けないよう熱心に勉強した。こうした文学好きの有志学生の熱意が、やがて早稲田大学文学科創設のきっかけをつくったのである。

逍遙は今こそ時代の要求と、彼ら若人の求めているものを考え併《あわ》せ、日本文学・漢文・英文学の、調和のとれた研究ができる文学科創設を要望した。三文学の枠を味わって、そこから新しい日本文学を生み出そうという精神である。半峰高田早苗も、そうした逍遙の理想を理解して、ともにその実現に努力してくれた。かくて明治二十三年五月、東京専門学校に文学科創設が決議され、七月五十名の学生募集、九月開講となって、名実ともに輝かしい文学科が出発したのである。

和漢洋の調和とはいっても、時代の要求からやはり英文学が主体であって、これに日本文学・中国文学を配し、ほかに哲学や政治経済が加えられた。当時の講師の顔ぶれは、和文学に関根正直・落合直文・畠山健、漢文学に三島中州・森田思軒、詩学と支那小説に森槐南、審美学に森鷗外、科外講義に饗庭篁村、その他の人々だった。逍遙は英文学を担当し、テーヌの「英文学史」、グウデンの『シェイクスピア』、シェイクスピアの『マクベス』、スコットの『湖上の美人』を講じた。

制度上、科長とか教頭の職は設けられなかったが、事実上は逍遙が科長であり、教頭であり、万事切り盛りをしたのだった。

一方余丁町に通うシェイクスピア研究の連中は、回覧雑誌「葛《くず》の葉」を出した。逍遙の命名であった。しかしそれも第六号に達したとき、同じ逍遙の発意で「延葛《はうくず》集」と改題し（この名は幼時から逍遙の頭にしみ込んでいた詩経よりとったもの）、会名も弥遠永会《ビエンエイカイ》（いやとほながのまとゐ）とつけた。「延葛集」は一号から十一号まで続き、明治二十四年夏廃刊、ちょうど「早稲田文学」と交代した形となっている。また「弥遠永会」以外にも、〇〇研究会、××読書会と名のつくものが三つも四つもあり、いずれも逍遙を中心として集まっていたが、やがて合同して一つの文学研究会となり、名称も単に「茶話会」として、二十三年十月、牛込筑土《つくど》八幡境内の松風亭で発会式を催した。茶話会はその字の如く、文学討論のお茶のみ会であった。逍遙は毎回出席、ときに討論の課題を出し、ときに懇切な批評を下して、全く良き指導者であった。そのうち同会の中に、新たに「文章会」を設けて回覧雑誌をつくることになり、「朗読研究会」もつくられた。特に後者は二十三年十一月、旧大講堂でその試演会まで開かれた。

早稲田文学

明治二十四年九月、東京専門学校の制度が全体にわたって改正された。文学科では哲学関係の科目が増加、その担当者として、大西祝《はじめ》（のちの京大教授・文学博士）が迎えられた。哲学科の併設は、文学科をより学問的に基礎づけ発展させ、思想的にもしっかりとしたものに役立たせた。

またその新学年から、第二期生として入学した島村抱月・後藤宙外・中島半次郎らは、先輩にならって彼ら自身の茶話会をつくる予定だったが、逍遙の勧めで今までの茶話会に合同し、名も「早稲田文学会」と改称した。その第一回の集まりが九月二十三日、例によって筑土八幡境内の松風亭で催された。席上逍遙は、突然雑誌「早稲田文学」発刊の決定を発表した。従来東京専門学校は、率先して講義録を出版し、学問の普及を計ろうとしたが、学生たちは反対していた。講義録が発行されれば学校へくる必要はなくなる、自分たちが何のために高い月謝を払い、苦労して通学しているか、といったようなことがその主な理由であったらしい。しかし逍遙は、これは一種の校外教育であると信じていたし、そうした発表機関をつくることによって、文学科生の、社会に出る足がかりとする必要を感じていた。それが今、解決したのである。一方学生側は、多少の不平があったものの、何しろ突然ではあり、逍遙の編集ということでしぶしぶ納得《なっとく》した。創刊号の出版は十月、内容は講義録が主で、逍遙はまず創刊号に「シェイクスピア脚本評註緒言」を書き、二号以下にも「美辞学の弁」「マクベス評註」を書いた。

こうして早稲田文学の発刊は、文学科にいよいよ光彩を添え、卒業生の登竜門としても、以後大いに役だつことになったのである。

没理想論争

発端《ほったん》は、明治二十四年十月、「早稲田文学」創刊に際して、逍遙が「マクベス評釈の緒言」を掲載したことに始まる。逍遙はその中で、

「マクベスを評釈する自分の態度を明らかにする。評釈には二つの方法がある。即ち①ありのままに字義・語格（語法）を評釈して修辞上に及ぶもの。②作者の本意または、作者の理想を発揮して批判評論するものである。自分は今感ずる所あり、第一の方法を取る。なぜなら、シェイクスピアの作は、読む者の心次第で如何ようにも解釈できる。その傑作は『万般の理想』を容れて余りあり、底知らぬ湖の如きものである。しかもあまねく衆理想を入れ、自らは没理想である。さながら造化自然に似ている。鐘の音も花の色も、聴く人見る人によって異なる。そして造花の本位は無心なのである。前述の②の方法による評釈は、見識の高い人の手に成れば、読んで感深く益もあろうが、見識低き人の手にかかれば、『猫を解釈して虎の如く』言い成し、迂闊《うかつ》な読者をあらぬ誤評に陥《おちい》らしむる恐れ無しとしない。従って今、自分のマクベス

評釈もあえて私見を加えない。」

という意味のことばを述べ、さらに同誌に、「時文評論欄《らん》」が設けられたことについて、

「この欄《らん》は、明治文学に関係ある百般の事実を報道し、且つ至公至平なる評論を加えて、活機《かつき》の存ずる所を明らかにし、をさをさ偏頗《へんぱ》(かたより)の幣を矯《た》めて(正して)、かの時勢を察せずして徒《いたずら》に死文に泥《なず》み、もしくは流行を追う者を提醒せん(目覚めさせよう)とするを使命とする。」と述べた。ところが、この態度を非難するものがあったので、逍遙は、「早稲田文学」第三号(二四・一一)の「時文評論」欄へ、ひき続き「我にあらずして汝にあり」を書き、「時文評論欄」設置の主意を再び明らかにしようとした。すなわちその文でいうには、「方寸の(一寸四方のようにせまい)宇宙に棲息していて、それ以外の所を知らない人々に、せめて『方百里の現実』を見せて、『偏見の弊』を少なくしようとするもの故、事実の報道を先として、必らずしも評論を旨としない。談理を後にして現実を先にする、即ちできるだけ独断を去り、空理空談を斥《しりぞ》けて、むしろ『常識の報道者』を以て自ら任じようとする。」と。

これら二つの文に対して、鷗外は自らの「文学評論志がらみ草紙」第二七号(明二四・一二)に「早稲田文学の没理想」「付記・其の言を取らず」を書き、それに反駁したのである。鷗外の論は、まず理想の価値を説くことから始まる。

「逍遙が記実(現実を記すこと)を旨《むね》として談理(理想を談じる)を嫌い、没理想を言うのは納得《なつとく》がゆかない。逍遙の没理想の論は、世界はひとり『実《リアル》』ばかりでなく、『想《イデエ》』が満ち満ちているのを見ないことから出て

森鷗外

くるのである。よく理性界を見、無意識界を見るとき、そこには先天の理想がある。たとえば鐘の音を聞いたとき、それは人によって無常とも聞こえ、楽しとも聞こえる。しかしその声を美に感じるのは一つである。あるいはここに花の色を見る。それも人によっては悲しくも見え、めでたくも眺められる。しかしその色を美に感じるのは一つである。この場合、この声この色を美と感じたのは、耳がよく聞き目がよく見るためではない。すでにその人に、美を感じる先天の理想《イデエ》があったからである。これは感納性の上の理想ではないか。」

そういう鷗外は、エドワルド＝フォン＝ハルトマンの無意識哲学・美学によっていたのである。（なおここへくるまでに前哨戦もあった。明治二十三年十二月、読売新聞に掲載した逍遙の『小説三派』、翌年の『梓神子《あづさみこ》』、これに対する鷗外の「逍遙子の諸評語」がそれである。さて「早稲田文学の没理想」に続いて、鷗外は「志がらみ草紙」へ『エミイル・ゾラが没理想』を書き、当然逍遙もこれに報いて、「烏有《うゆう》先生に謝す」「没理想の語義を弁ず」「小羊子の白日《ひる》の夢」「其意は違えり」その他を書いた。逍遙はいう。

「先に自分は記実の重んずべきことを論じ、談理を後にすべきことを言ったけれど、これは決して談理を排そうとしているのではない。没理想とは、不見理想（理想が見えない）の意で、理想絶無とか、本来無理想の事でなく、詩文に対していう時は、作家没却して見えず、という義である。没理想は、逍遙子にとっては、しょせん方便であって目的ではなく、したがって、一切空を観じたのでも、本来虚無と観じたのでもない。」と。

しかし鷗外は執拗《しつよう》に、「早稲田文学の没却理想」「逍遙子と烏有《うゆう》先生と」を「志がらみ草紙」に続け、逍遙の没理想が没却理想へ動いたことから生じた隙間、つまり逍遙思量における、従来からの、また新たに生じたところの不備、矛盾を追求した。特に後者の文では、「烏有先生とは誰ぞ、答えて曰く、独逸《ドイツ》の人、カルル＝エドワルド＝フォン＝ハルトマンなり。」と高圧的に出、「われはさほどの哲学はないが、ハルトマンならこう言うだろうと、思い量《はか》りて評したのだ」と、逍遙に直接ハルトマンを対立させるポーズを示した。

逍遙はこの論争中、「早稲田文学」が本来講義録を主体としたもので、論争を喜ばないものの多いことを知り、徒《いたずら》に平行線ばかり辿《たど》る論争の長びくのを恐れ、戯文調を用いて打ち切り作戦に出た。それが明治二十五年四月に書かれた「陣頭に馬を立てて敵将軍に物申す」「雅俗折衷之助が軍配」「小羊子が矢ぶみ」その他である。かくして当時文壇両巨頭の、火花散るごとくに見えた論争も、順次下火となって消えていったのである。

以上両者の論争も、形の上では、しっかりした美学論を擁した鷗外の方が論理的に整然としており、かつハルトマンの美学が目新しかったせいもあって、より衆目をひく結果となり、一見勝ったように取られやすいが、実は勝負なしの論争であった。なぜなら両者の間には、最初から用語の概念に対する誤解と食い違いがあり、論争も主としてそこに由来するものであったから。したがって、論の中軸が、論争の過程で上昇発展したり、充実してゆくという形式を必ずしも取ってはいない。むしろ不十分である。しかし、文学に対する美学的考察、文学批評の態度、方法、文学作品の価値や形態上の問題等々には反省させられる点も多かった。

逍遙は後日、「没理想という言葉の代りに、純客観という語を使っていたら、あれほど長引きはしなかったであろう。」と語ったという。

「早稲田文学」の誕生

東京専門学校第十回卒業証書授与式は、明治二十六年七月十五日であった。記念すべき文学科第一回卒業生二十八名もこれに加わっていた。式場で、逍遙も祝辞を述べた。三年間の労苦丹精の結果、ここに初めて文学科から卒業生を送り出すのである。逍遙の感激もまた一入《ひとしお》だった。その感激をことばにのせて、早稲田精神―すなわち、学問の独立、精神的教育、学問の活用、自主恃行《じこう》、学術併行、進歩向上、愛国心を説き、自らの切実な体験から生まれた人生哲学を説いて、満堂の人々を感激させた。むろんこれらの要旨は、東京専門学校創立以来の教育方針であり、かつ逍遙その人の教育に対する信念でもあった。

逍遙は明治二十六年一月から十二回にわたり『美辞論稿』、『英文学史綱領』を、それぞれ「早稲田文学」に連載し講述した。「美辞論稿」は修辞学、美辞学に名を借りてはいるものの、没理想的文学観を述べ、「英文学史綱領」は、初学者のために英国詩文の変遷《へんせん》を平明に説いたものであったが、二書とも、「早稲田文学」の改革に遭遇して中絶してしまった。その改革とは、従来「早稲田文学」は講義録であったため、釈義、講述が相当なスペースをとっていた。それを今後文芸雑誌風にかえ、講義録類をほとんどなくしたからである。経営ならびに発行所も、東京専門学校より逍遙宅へ移し、名も「早稲田文学社」と改名した。編集責任は坪内逍遙、他に奥泰資、綱島梁川が補助をした。

余談ながらこの十月、読売新聞は歴史小説、歴史脚本の懸賞募集を発表した。逍遙は依田学海、高田半峰、尾崎紅葉とともに選者だったが、応募作品は少なく、わずか小説一編が二等に当選した。それが高山樗牛《ちょぎゅう》の「滝口入道」だったのである。

明治二十七年四月十七日、向島隅田園にて催された東京専門学校春季運動会のときである。この日余興として、文学科以外の同好学生も参加し、簡単な小屋掛舞台をしつらえて、「地震加藤」二幕を演じた。演じ終わると、登場者全員、その扮装《ふんそう》のまま舞台に出て「かっぽれ」を踊り、大変な喝采《かっさい》を浴びた。このとき演出指導したのが逍遙であり、劇中の地震の場では、自ら舞台裏でガタガタガラガラ戸板をたたいて擬音効果をあげたのである。ところがこのことが噂となって伝わったから、厳格派の講師、硬派の学生たちは黙っていない。「読売」「報知」の二大新聞でさえ、「学生に脂粉を装わしめ、河原乞食《かわらこじき》の真似をさせるとはけしからん。まして教師自らが先に立ってやるとは……」と手きびしく攻撃した。さすがに逍遙も、以後二度と学校の催しに演劇をしようとしなかった。しかし彼自身の演劇への情熱は、かえって火をつけたように燃えていった。かくて脚本「桐一葉」が、あるいは評論「近松の浄瑠璃」「近松が叙事詩の特質」が生まれる結果となったのである。

余丁町の宅にて
右より大造、くに子、逍遙、士行、夫人セン、夫人の姪《めい》はる子

このころの「早稲田文学」の活躍は、近代文学史上に、いわゆる早稲田派なるものがようやく形成されてきたことを思わせた。たとえば小説では、後藤宙外の『ありのすさび』、嵯峨の屋おむろの『此のかすがい』『寂滅』、五十嵐力の『いすかのはなし』、ほかに伊原青々園の歌舞伎劇の史的考証、『女歌舞伎』『狂言の変遷』、評論は島村抱月・金子筑水らという顔ぶれである。逍遙も、『評釈天の網島』『新文壇の二大問題』を早稲田文学に掲載した。そして今までほとんど文壇と絶縁していたが、このころまた急に外部ジャーナリズムへ執筆し始めた。それは文学科卒業生の就職先に対する情義上からであり、早稲田校友の地盤固めのためでもあった。たとえば島村の迎えられた「読売新聞」には「歴史小説につきて」を、長谷川天溪の「太陽」には「戦争と文学」「わが国の演劇」を、そして畠山慎吾が編集者となった「国学院雑誌」には「国文学の将来」を寄稿している。こうして早稲田派伸張のために払った努力は、決して小さくはなかったのである。まして逍遙の家には、書生のように寝起きして通学したり、卒業後もそのまま転がり込んでいる連中が、一時に五・六人もいたことがあった。それも書生や玄関番としてではなく、困るから、と頼まれたり、その窮状をみると、坪内

家の財政を無視してでも面倒をみたのであった。それもこれも逍遙の子弟思いの一面である。

またこのころ、養子の士行や甥《おい》の大造らに舞踊の稽古《けいこ》を始めさせた。それは一種の情操教育であるが、同時に逍遙自身手元に踊手を置き、その稽古を通して舞踊の実際を知り、舞踊劇の革新を目ざしていたためということである。

近松研究会と「早稲田文学」の廃刊　近松研究会は、逍遙が専門学校教授および早稲田中学校教頭（二十九年四月開校、教育の項参照）として、その時間と精力をほとんど費しながら、なおかつ自ら中心となって始めたもので、集まった人たちは、早稲田文学社の水谷・伊原・島村・後藤・五十嵐他で、饗庭《あえば》篁村・大西祝《はじめ》・佐藤迷洋らも加わった。研究の態度方法は、研究対象として取り上げられた作品を、それぞれ由来・梗概・性格・意匠・修辞・影響・雑の順で、一つ一つていねいに合同研究するという、きわめて画期的なものであり、その研究記録、『鑓《やり》の権三《ごんざ》』『堀川浪の鼓《つつみ》』『国姓爺合戦《こくせんやがっせん》』『冥土の飛脚』『心中天の網島』他が次々と「早稲田文学」に発表されたが、それらは単に近松研究としてのみでなく、日本文学研究史上重要な意義を持つ業績であった。なお近松ものが終わってしまえば、さらに「合評会《がっぴょうかい》」と名を改め、『仮名手本忠臣蔵』『菅原伝授手習鑑《すがわらでんじゅてならいかがみ》』『妹背山婦女庭訓《いもせやまおんなていきん》』そして尾崎紅葉の『多情多恨』まで合評を試みたし、別に早稲田観劇会も逍遙中心に組織されて、毎月各座の芝居を見物し、その評を「早稲田文学」に掲載した。

雑誌「新著月刊」は、明治三十年に創刊され、早稲田文学別動隊ともいえる存在だった。編集は後藤宙外ら早稲田門下生、企画は逍遙が指導した。しかし日清戦争後の不景気の風にあおられ、逍遙自らも早稲田中学教頭の職に、全精力を打ち込まねばならなくなり、ついに三十一年五月廃刊のやむなきに至った。有名な「文学界」や「国民之友」の廃刊もこの年一月と八月であり、ついに「早稲田文学」も、その十月、前者のあとを追ったのである。むろん人々は惜しんだ。単に文人のみならず、広く社会の各層から残念の意が表された。かつて単騎でシベリア横断をなし遂げ、その名をうたわれた福島安正将軍も、「好個の文学雑誌を失った。これは社会の罪でなく何であろう。見下げ果てた世の中かな」といって長嘆したという。ともあれ満七年の間、逍遙は責任ある主宰者として、よく努力した。しかも「早稲田文学」は歴史の転変とともに、断続はあっても、連綿として現代に続いている。思えばこの本をよすがとして、単に早稲田関係者のみならず、幾多の作家、文学者が誕生し、活躍し、消えていった。その生みの親としても、逍遙のなした事業中、代表的なものの一つであったといってよい。

教育の革新

早稲田中学校の設立　早稲田中学校の開校は明治二十九年四月であった。校長大隈英麿、教頭坪内逍遙、教務幹事今井鉄太郎、事務幹事兼舎監には増子善一郎という人事であった。逍遙は中学校教育に経験があるわけでなく、またその器《うつわ》でないからとけん命に辞退したが、けっきょく断わりきれなかった。特に大隈は名誉校長であるため、教頭の任は重かった。この設立をもっとも熱心に主唱した金子馬治は、後年、「早稲田文学」の「坪内逍遙」特集号の中で、

「…先生みずからも語られているとおり、芸術家たる先生を永い間中学校教育に束縛したことは、今日から見て取りかえしのつかない損害であったに相違ない。当時先生は四十歳の最も油の乗った創作時代であった。『桐一葉』から『役の行者』までの発展に注意した者は、先生がもしこの間に創作を続けられたならば、その収穫はいかばかりであったろうと考えない者はない。早稲田文学が先生を修身教育に束縛したことや、私どもまで先生に強請《きようせい》したことは、今から考えても真にすまなかったことと感じている。」

と述べている。しかし、世話好き、若者好きで、生まれながら教育家的資質を有する逍遙に、新設中学校の要職である教頭をぜひ、と懇願した関係者一同の希望もまた当然のことであった。しかしいったんそうと決まると、その道に勇往邁進するのが逍遙である。彼は直ちに中学校の実際を視察研究しはじめた。そして普通教育の重要性を認識し、特に中学校においては、実践的倫理教育(修身教育)の必要性を痛感した。彼はさっそく、徳育すなわち実践倫理教育を新設早稲田中学校の特色として打ち出し、自らもまた、余暇のゆるすかぎり、古今東西の倫理書ならびにその関係書類をむさぼり読んだ。そして孔子の教えを基本とし、和・漢・洋を調和し、わが国の事情に適合させた倫理観の確立、倫理教育者の態度ならびにその方法にいっそうの苦心と注意を払った。従来、とかく知識の受け売りだけに片寄りやすく、徳目の羅列にとどまりがちであった

倫理教育は、逍遙によって打破された。つまり彼の講義は学理的であり、その学理は常に社会の実態に裏付けされ、直ちに実践するべき生きた学問であった。したがって彼の授業には、常に適切な例話があげられ、学生は非常な感銘を受けたのである。

開校まだ日浅いころ、三年の寄宿生に一人の不良学生がいた。校則無視の粗暴なふるまいが多く、教師や舎監の訓戒もききめがなかった。たまたま運動会当日事件を起こし、教員一同彼を退校処分に付すべく決議して、逍遙まで申請した。逍遙はじっとその事情を聞いていたが、やがて静かに面《おもて》を上げ「本校の教育を理想に近いものとする意気ならば、退校処分など議すべきではあるまい。これら不良学生を改悛《かいしゅん》させてこそ、初めて教育の実はなされる。千の英才を出すより、一人の不良学生を真実悔悟《かいご》させる事が大切だ」と説いた。そしてさっそくその学生を膝下《しっか》に呼び、懇々とその不心得を諭《さと》した。当人もそのときは大いに感じ謹慎の風がみえた。しかしけっきょく悪友に誘惑されて北海道に走り、数年後再び東京に舞い戻って、とうとう警察にあげられてしまった。警察で取調べたところ、他の学校の生徒にはその不良の爪牙《そうが》にかかったものが多いのに、早稲田中学には一人もいなかった。不思議に思って署長がその理由をたずねると、彼はこう答えた。
「自分はかつて同校にいたことがあり、わがまま勝手この上ない乱暴者であった。にもかかわらず坪内教頭は諄《じゅん》々と自分の不心得を説き、一度として退学処分にしようとは言わなかった。あのあふれる温情を思うとき、早稲田中学生に手出しすることはできなかった。」と。

またこんなこともあった。逍遙は指先がまっ黄色に染まるほど、たばこ好きであった。ところがたまたま生徒間に喫煙する風があり、いくら禁じても容易に効果はあがらない。このうえは自ら率先して禁煙を断行し、もって範を示す以外になし、と、あれほど好きだった煙草をぷっつりやめてしまった。自然、他の教職員もこれに倣《なら》い、さしも盛んだった学生間の喫煙もしだいに跡を絶ち、ついに皆無となったのである。以後彼は二度とたばこを口にしなかった。まして他の教職員までやめてしまったというのであるから驚きである。

その他東京専門学校生みの親、大隈老侯が参観にきて、思わず喫煙しようとして逍遙に注意され、高田早苗や市島謙吉がひどく困ったという話も伝わっている。

学位授与と教科書論

明治三十二年三月、博士会の推薦で逍遙は文学博士の学位を授与された。しかしその通知を受けても、いっこう学位を受け取りにいこうとしない。そこである人が、学位は陛下のおぼしめしで決せられるものだから、そのまま放置しておいてはいけません、と注意した。陛下と聞くと逍遙は弱い。さっそく寄宿中の甥、鋭《とし》雄を文部省へ出頭させてこれを受けた。

ついで七月、前年より依頼されて取りかかってきた「国語読本」尋常小学校用八冊、高等小学校用八冊をようやく脱稿した。教科書を依頼した冨山房社長坂本嘉治馬は、逍遙の早稲田中学における異彩放つ教育の実態を知り、根気よく足を運んで口説《くど》いた。逍遙は、初め容易に承諾しなかったが、再三再四の熱心な懇請《こんせい》にようやく決心し、「自分が作る以上、思い切って変ったものにするつもりだが、それでもいいか」と念を押した。新鮮味のある教科書、これはもとより坂本の望むところ、さっそく牛込に編集所を設け、編集補助主任に文学科出身の杉谷虎蔵、他に桑田正作・和波久司らがこれにあたった。

逍遙は編集方針を次のように決めた。①新生命にあふれ、時代に適合した編著であること。②国民性に適応したものであること。③児童の心理に相応した興味深いものであること。④従来のごとき、上中流向本位、英傑本位、都会人本位、戦争賛美本位、尚武第一智育第一本位でなく、中流以下を眼中においた凡人本位、地方人本位、平和本位、農業・商工業奨励本位であること。⑤文芸趣味の養成、情操教育に役立つものであること。と決め、従来のおとなっぽい教科書、ある階級、ある地方の子弟に偏した偏向教科書を、真に子どもの要求する子ども向きの教科書、あらゆる国民のあらゆる子弟のための教科書に改革した。

逍遙はまた、その文体を口語体本位にすることを主張した。むろん当時は、文語体の使用がきわめて多く、全部口語体にすることは不可能だった。しかし極力文章を平易にすることに努《つと》め、対話も野卑にならない限り平俗な日常語を使用した。そのため文部省から、もっと上品なものに改めよ、という注意さえ受けたが、確たる信念を持つ逍遙はなかなか譲歩せず、間に立つ冨山房の当事者が困ったことさえあった。さらに韻文についても、従来のものはあまりにも雅文調のきれいごとであり、無生命なものが多かった。そこで多少の非難を覚悟して、童謡・民謡をも入れ、かつ自分で創作し、杉谷にも試みさせ、それを添削して採用した。

「しめなははってもちついて、はねつく、まりつく、かるたとる。」これはその中の正月の歌である。たしかに詩的だとはいえないが、簡単で覚えやすく、特に日本の素朴な正月風景がそのままリアルに出ていておもしろい。さし絵にしても同じであった。それまでのお行儀のよい飾りもの形式を破り、表情のある生きた人物、そこに生活のある画面としたので、これも面目を一新した。

明治三十三年九月、今出来あがったばかりの教科書を見て、五十嵐力・高野辰之の批評はいう。「実に破《は》天荒《てんこう》な仰嘆すべきものであった。それは、考えが新しく、深く、遠く、それに誠意がこもっている。」「事実において他の教科書を眼下に見下ろすものだ」と。

馬骨人言論争

発展途上にあった東京専門学校は、やがて早稲田大学として昇格する日に備え、高等予科を新設した。逍遙はここでも実践倫理を講じた。元来、逍遙の倫理教育の基準は、何よりも社会保持という点にあり、常に現実とか社会とかがその背景にあって、単に校内の青少年のみにおける実践倫理教育に終わるものではない。それは同時に、広く一般社会の浄化・教育ということが理想であった。したがって、現実社会におけるもろもろの現象に対しても鋭く批判し、眼前のできごとを直ちに教材として取りあげたり、ときには社会に警告を発して、一般人への倫理的反省を促した。たとえば明治三十四年、ときの東京市会議長星亨《とおる》が伊庭想太郎に刺されたとき、「刺客論」という長い講話を発表して、青年はもとより、一般の軽挙妄動を深く警《いま》しめたし、明治三十六年六月、第一高等学校生藤村操が、世をはかなんで華厳《けごん》の滝に身を投じ、その結果世の青年の厭世《えんせい》自殺が一種の流行にさえなったときも、社会保持の見地から、「自殺の分類及びその是非」と題する長論文を発表して、人生問題を解きえずになされる自殺は、不誠意消極的自殺であって排撃すべきである、と批判した。しかしもっとも有名であったのは、世に馬骨人言論争として残る、高山樗牛との論争であった。樗牛は先にもふれたように、東大哲学科に在学中読売新聞懸賞小説に当選し、以後「帝国文学」の編集委員、雑誌「太陽」の文芸部主任、二高教授、東大・東京専門学校の講師を経、明治三十三年ごろから井上哲次郎らとともに日本主義を提唱、史劇・歴史画について逍遙と論争するなど、多彩な活動を示していた。三十三・四年のころは病気のため、大磯・鎌倉と転地療養していた折りであり、このころから樗牛の思想は内省的となり、国家主義から個人主義に傾きニイチェイズムに傾倒して、三十四年八月、雑誌「太陽」に「美的生活を論ず」を掲載、美的生活、本能満足を賛美した。その思想はロマンチックであり、彼特有の格調高い文章に、世の読者は、あるいは仰天しあるいは感激共鳴するものが多かった。逍遙はこの情勢を憂《うれ》え、すかさず読売新聞紙上に「馬骨人言」(馬の骨人のごとくものをいう)と題して、その反論を掲載した。それはかつて鷗外との論争においてもしばしば用いたように、戯文口調ではあったが痛烈であった。すると樗牛の友人、ドイツ文学者登張竹風が、「帝国文学」に「馬骨人言を難ず」を発表、逍遙に反駁したので、彼は再び筆を取り、「帝国文学記者に与えて再びニイチェを論ずる書」と題し、十二月十八日から二十二日にかけて、読売紙上にこれを批判した。竹風がまたこれに答える。逍遙側は、長谷川天溪と英国留学中の島村抱月が再度樗牛側を批難する。そのうち当の樗牛が三十五年十二月病死したので、両三回の応酬で終止符が打たれた。また論争の内容も、双方ともにニイチェ思想に対する理解が不十分であった。ともあれこの思想が、のちの自然主義文学に大きく影響を与えたし、一方保守的道徳家である逍遙からすれば、社会保持の精神にもとる恐れがあるとして、これに反撃を加えたのも、けだし当然のことであった。

明治三十五年九月、東京専門学校は待望の早稲田大学と改称した。一方早稲田中学でも、校長大隈英麿がやむをえない事情で辞任し、同月逍遙が二代目校長に推されて就任した。校長になっても倫理教育は続けたが、健康がすぐれず、悩みの多い毎日であった。その十月、硯友社の巨星尾崎紅葉が病没した。逍遙はその葬儀に列席したものの、紅葉門下の弔辞朗読中、脳貧血を起こして卒倒した。原因は不眠と腸カタルであった。これは年来の病症が二重にも三重にもなって出てきたのであって、すでに八月にも静養のため家族を伴って仙台・松島・潮来・鹿島をまわっている。こんなこともあって、セン夫人の切なる願いにより、同十二月、早稲田中学校長辞任の希望がかなえられた。逍遙は久しぶりに、ゆったりした気分でわが家にくつろいだ。

演劇の革新

改良への出発　演劇刷新者としての逍遙の業績は、その数ある輝かしい業績の中でも、特に著しいものである。おそらく明治・大正におけるわが国の演劇史を、逍遙の名を出さずに語ることは不可能であろう。

逍遙の演劇(ここでは歌舞伎をさす)への興味はすでに名古屋の少年時代からだったが、上京後は、その三年目、初開場の東京新富座で、最初の活歴劇（歌舞伎劇演出の一形式で、歴史事実を重んじ、当時の風俗をそのまま写実的に表現するという、活きた歴史劇）『松栄千代田神徳《まつのさかえちよだのじんとく》』をみて大いに感動したことが、「回憶漫談」に記されている。活歴劇は当時の流行で、逍遙もその後これをみる機会が多くなったが、それがただいたずらに写実的非演劇的合理主義に走る傾向が強くなるのをみて、どうも共鳴しがたく、彼は彼なりの演劇理想をひそかに脳裏に描いていた。おりしも明治十九年八月、古今未曽有《ここんみぞう》といえる大規模な演劇改良運動が、末松謙澄《のりずみ》を中心とし、井上馨・外山正一・渋沢栄一らを発起人として発足した。その改良案は、①従来の悪癖を改良し、好演劇を創造する。その方法として女形《おやま》を女優にする。下座音楽やチョボ（義太夫）、黒衣《くろご》を廃止する。音楽的舞踊的要素を除いてセリフ本位の劇とする。芝居茶屋の廃止、幕間での観客席での飲食禁止。②無学無知識な現今脚本作者に反省を促し、演劇脚本の著作を栄誉ある業にひきあげる。③演劇・音楽会・歌唱会にも使える欧米風の大劇場をつくり、花道や回り舞台を廃止する。背景画も西洋風に改める。ということであった。これらの改良案のバックには、欧化的色彩の濃い伊藤博文内閣の支持があって、しかも非常な勢いであった。むろん賛否両論は各所にまき起こった。このとき逍遙は、その反対意見を公開質問の形で、直ちに読売の社説として前後九回にわたって発表し、この改良意見が、日本の国劇としての歴史的本質や伝統を無視したものであり、その主張のいかに未熟なものであるかを指摘した。他方、狂言作者が無学不見識であると責めているので、そのためにも公開状を書いて、河竹黙阿弥らを勇気づけた。

ついで二十一年三月、日本演芸矯風会《きょうふうかい》が組織され、逍遙・高田早苗も招かれてその嘱託となったが、これも微温な妥協態度と無主義方針のためしだいに俗化、案の定、少壮会員の間から改革の叫びが出、翌年また改組されて日本演芸協会となり、それまで傍観者的立場であった逍遙も、今度はいくぶん本式に革新事業に携ることとなった。会は岡倉天心・高田半峰・坪内逍遙・森田思軒・山田美妙・河竹黙阿弥・尾崎紅葉らがその主要メンバーで、①極端な写実主義でも活歴主義でもない。②忠臣孝子・英雄烈婦本位でもない。③洋劇崇拝の欧化主義でもない。あくまで国劇の特長を保存しつつ、芸術的向上を図ろうとするものであった。しかしこの会もほとんど具体的活動をしないまま、やがて解散してしまった。だが逍遙の改良意欲はますます燃え、ひそかにその実をあげるべく、まずその新脚本を生産する準備として二つの研究を試みようとした。それがすでに述べたシェイクスピアや近松の研究（会）であり、朗読法の研究（会）であった。

　朗読法の研究は、シェイクスピア同様、彼の生涯にわたる研究題目であり、劇作の技法会得のためにも、演出に必要な演劇術のためにも必要欠くべからざる基礎であると考えた。そこで明治二十二年、饗庭《あえば》篁村《こうそん》らとともに、東京専門学校内に有志学生を集めて朗読研究会を起こした。学生は大いに集まった。彼はまたいろいろな人の脚本朗読を聞いた。講談・人情ばなし・義太夫・能狂言と、少しでも参考になりそうなものには飛びついて、彼独特の朗読法を育《はぐ》くんでいったのである。

史劇の改良と論争

　またこれと平行して脚本の研究も着々進み、明治二十六年十月に出された逍遙最初の史劇論「わが国の史劇」は、文学史上における「小説神髄」にも相当する意義あるものであった。

彼はその中で、まず過去の史劇を評し、ついで近松・黙阿弥・依田学海を論じ、特に当時もっとも活躍していた福地桜痴《ふくちおうち》を批判して、「そこには何ら史的意義なく事件に連絡なく人物に個性なく、いわば幻燈画の連結である。またあまりにも事実のままにせんとして、却《かえ》って芸術としての詩趣を失っている。」と述べ、自らの史劇改良案では、①叙事詩《エポス》よりも劇詩《ドラマ》とする。②筋が通り、旨味《うまみ》（インタレスト）があるようにする。③性格描写に重点を置く。などを新演劇の根本とするよう提唱した。この論に対する反響は一、二の新聞・雑誌にあらわれたが、以後わが国の新作脚本は、叙事詩というより劇詩の体裁を取るようになったのである。

一方演劇理論家としても、高山樗牛との間に、いわゆる史劇論争と呼ばれる次のような応酬があった。明治三十年八月「太陽」誌上に、樗牛が「春の舎主人の『牧の方』を評す。」という一文を発表、それに応じて逍遙はさっそく早稲田文学九月号に「史劇につきての疑い」を掲載、以下史劇について二、三の論戦が戦わされた。両者の立脚点は、逍遙はいわば史実尊重の立場、樗牛は美学者らしく、いっさいは詩であるという主観的立場であった。論争は、その後樗牛の沈黙で一応物別れの形にみえていたが、三十二年十月になって、突然樗牛が「歴史画の本領及び題目」を雑誌「太陽」に掲載、歴史画における歴史は実らしさの方便で、美術としての絵が主である、という歴史画論を発表した。当然逍遙はさっそくこの挑戦に応じ、十一月同じ「太陽」で、「美術上にいわゆる歴史的という語の真義如何」と応酬、以後論戦はもっぱら「太陽」誌上でくり返された。

そしていずれが是か否か解決されないまま、物別れに終わってしまった。後年逍遙は、彼の史劇論の総ま

とめ「史劇及び史劇論の変遷」の中でこの論争を回顧し、

「客観本位も主観本位も、つまるところは同一であり、ただその具体化に至る過程《プロセス》の相違に過ぎない。したがって二種ながら是認すべきであると思う。」

と結んでいる。このときに限らず、いったいに逍遙の考え方には、以前はこうであったが今はこう違っている、という変移をよくみかける。そこで彼をオポチュニストだと評する人も多い。しかしオポチュニストというより、彼の人の好さ、生真面目さ、正直さ、気弱さのあらわれであろうと思う。

また逍遙と舞踊の直接の結びつきは、前述の運動会の「地震加藤」から始まる、といわれている。というのは出場者の一人がこの劇の振付に、舞踊西川流の女師匠、西川仲治を紹介し、それが縁となり、養子士行をはじめ、甥の大造、養女くに子、そして夫人の姪はる子にも習わせた。直接逍遙の家へ出入りしていた愛弟子河竹繁俊によれば、逍遙は「もう少し背が高ければ役者になっていたかも知れぬ」と直接氏に話したことがあったし、夫人も「役者になりたいということは、中年までよく申しておりました」と述べている。そのうち夫人も子どもにおさらいする必要上三味線の稽古、女中も趣味を持つものには踊りの稽古、その他の寄宿者連中も芝居能狂言の稽古に参加して、坪内一家の舞踊研究は、士行を中心として、月日とともに一家総動員という体制となった。士行はその追憶を語る。

「…十二、三の頃、別段日本舞踊に特別の興味も熱も持っていなかった私は、いわば猿芝居の猿のように、習えと言われるから習い、踊ってみろと言われるから踊ってみるだけの事なのだが、それが故人（逍遙）の気に入らぬ。入らぬ筈だ、自分と同じ気持でやって貫いたいのを、こちらは百分の一も熱がないのだから、いやいやながらホンの通り一遍に踊る。見ているうちにイライラして来る。叱る。しょげる。益益だらしのない踊り方になる。いよいよ歯がみをする。そこで鞭でピシリ！という結果になるのだ。もっともこのピシリは決して小生のいたいけな肉体に当たる音ではない。故人は絶対に手荒なことはしなかった。どんなに叱っても言葉遣《づか》いも上品であった。このピシリは下の板を叩く音である。…痛くはない。何にしても、さすがにのん気坊主の私もあの物凄さだけは今も忘れずにいる。そしてその前に『熱心さが足らん。私がもう十年も若かったら、お前などに習わせて見てはいないのだが…』と、額に汗を流さんばかりに興奮して語ったのを覚えている。こわかった。…けれども又、私が十八・九になった頃であろうか、忘れもしない木挽《こびき》町の、とある鰻《うなぎ》屋へ二人きりで食事に入った時、つくづくと私の努力を慰める言葉を尽した後、『今に日本舞踊界に大革命を起こして、世界の芸術界を驚嘆させよう。名古屋には西川何某、九州には誰々、大阪には誰々、いずれも私の意を体して新運動に志しているから、お前が東京で中心になって一ト旗挙げれば、相呼応して同じ旗の下に馳せ参ずるのだ。しっかりやれよ』という意味のことをしみじみ語ってくれた時などは、自分自身がゾクゾクと武者振いを感じ、あたかも、昔大楠公が足利の大軍を向こうに回して、錦旗を翻《ひるがえ》した時にも似た悲痛な感じがして、われ生きて甲斐あり、と思った事もあった。実際あの時ほど叔父をなつかしく嬉しく頼もしく感じた時はなかった。舞踊劇に関しては、思う事の半ばをも尽さずして倒れた叔父は、或意味では大楠公に似ていたと言えぬ事もない。」（文芸昭和十年四月号）

ここに逍遙の舞踊に対する熱情と抱負をみることができる。

新曲浦島・新曲かぐや姫・お夏狂乱　逍遙が早稲田中学校を辞したのは、明治三十六年十二月、そして三十七年十一月には、早くも舞踊劇『新曲浦島』と『新楽劇論』を早大出版部から刊行している。それはかつての『小説神髄と書生気質』『史劇論と桐一葉』のときと同様、論とその実作とを同時に世に送り、自らの主張と立ち場をはっきりさせたものである。

ついで三十八年十一月、世間が日露戦争の勝利に酔い痴《し》れていたころ、逍遙は第二の新舞踊劇『新曲赫映《かぐや》姫《ひめ》』を発表した。これは『竹取物語』を題材にしたもので、『新曲浦島』の歌舞伎調に対して能楽調であった。およそ逍遙の舞踊革新の意図には、第一が俗曲を土台とした舞踊本位のもの、すなわち歌舞伎系統、第二が能曲（狂言を含む）を土台とする朗唱本位の能楽系統、第三が外国のオペラの組織・骨法を学んだオペラ系統、という三様式があり、これらはかつて日本で今までだれにも企てられなかった理想的野心的なもので、それだけにその実現も困難だった。『かぐや姫』も、その内容は「踊るより謡《うた》う」ことに変わってはいるが、物語自身は『新曲浦島』よりずっと単純で、修辞上の美しさもまたみごとであった。しかし、それにもかかわらず、その一部が作曲実演されたにすぎなかった。

ついで三十九年、『常闇《とこやみ》』（岩戸伝説の前半）を文芸協会第一回公演として発表、これがわが国創作オペラの最初であった。東儀鉄笛の作曲演出であったが、世評はけっして芳《かんば》しくなかった。そこで逍遙は、以後は

『鉢かづき姫』を踊る左松井須磨子（宰相）、右坪内くに子（姫）

自らの理想（逍遙は空想という字を使っている）から降りてやや妥協的態度を取り、実演されそうな作品をということで、明治四十年から四十五年にかけて、『鉢かづき姫』『俄《にわか》仙人』『金毛狐《きんもうこ》』『一休禅師《ぜんじ》』『お夏狂乱』『初夢』『小袖物狂い』『和歌の浦』『寒山拾得《かんさんじっとく》』『お七吉三』『歌麿と北斎』など次々と発表した。しかもこれらはそれからそれへと、作曲され振付けされ、実演されていった。中でも『西鶴五人女』から取材した『お夏狂乱』は、もっとも上演回数が多かった。かくして逍遙の新舞踊劇の代表作は、理想的作品としては『新曲浦島』、舞台用作品としては『お夏狂乱』ということができるし、それは同時に明治大正を通じての代表的傑作舞踊劇、ならびに歌曲ともなったのである。

「文芸協会」前後

易風会

明治二十三年に出発した朗読研究の会は、その顔ぶれが学生であるため、たえず多少の変動はあったものの、土肥春曙《しゅんしょ》・水口薇陽《びよう》らは最初から終始変わらず熱心であった。それが明治三十年ころとなると、東儀鉄笛・大鳥居古城らが加わって計五人の幹部となり、会場も牛込赤城神社境内の清風亭に定めて、とき折り会合していた。テキストは逍遙の新史劇を使い、とき折り顔を出す逍遙に、批評や注意を受けたりもした。そのうちに朗読術がうまくなる。うまくなると実演したくなる。そこで逍遙にその希望を述べる。逍遙は世間体《せけんてい》も考え、「満を持《じ》して」と押しとどめ、そのまま朗読の研究を続けさせる。こうして十年は夢の間に過ぎていった。

やがて明治三十五年、東京専門学校が早稲田大学となるや、科外に謡曲研究会・俗曲研究会もつくられ、三十七年には、逍遙の『桐一葉』、鷗外の『日蓮上人辻説法』、小山内薫訳の『ロメオとジュリエット』など新しい脚本の上演がみられ、わが国の劇壇はいよいよ新しいムードと活気に甦《よみがえ》った。そこへ逍遙の『新楽劇論』と『新曲浦島』が発表されたのである。かれらは今こそ劇界革新の推進力になろうと気負い立った。かくしてついに待望の実演研究を認める形となり、「易風会《えきふうかい》」(風を移し俗を易《か》える)が誕生したのである。試演は明治三十八年四月、清風亭においてであった。

出しものは、永井空外が近松半二の「妹背山《いもせやま》婦女庭訓《おんなていきん》」の一部を書き改めたという『妹山背山』で、このとき東儀鉄笛・土肥春曙が活躍し、以後逍遙の演劇活動のチーフメンバーとしての地盤を築いた。ただこの劇は雅語であるため、一般や学生にはよくわからず、あまりおもしろくなかったという評判も出た。

その秋、逍遙の愛弟子島村抱月が欧州留学から帰国、待っていた早稲田派の文士や易風会同人は、さっそく抱月を中心に今後の劇運動を協議した。その結果、この運動を広い意味での文化運動とし、①演劇刷新の事業。②文芸雑誌の発行。その他八項目の目標を掲げ、大がかりな協会を組織して逍遙にその会長になってくれるよう願い出た。逍遙は、それがあまりにも広範囲にわたる空想案であることに驚き、関係者一同を招いてその実行難を説いた。自分が新舞踊劇だけに全力を捧げ、全財産を傾けて努力しようとしていてさえもまだ一・二年先でないと準備不十分、しかるにこの規約では、演劇・能楽・音楽・美術等の研究まで合わせ行なおうとしている。資金も寄付と会費が唯一の頼みでは心細い。こうした無謀な企てで打って出るのは無責任極まる。これでは今会長を引き受けられないと突っぱねた。そこで島村・東儀らは高田学長に頼み、その口添えで大隈重信侯爵を会頭にかつぎ上げ、幹事島村抱月・金子馬治・東儀鉄笛、名も文芸協会として発足した。事業は雅劇・朗読・能楽・洋楽・雅楽・俗曲・舞踊・講談・落語・風俗・歌舞伎・新楽劇の各研究・文学・宗教・美術の講演、雑誌「早稲田文学」の発行、の各部門に分かれ、それぞれに主任を置き、その他芸術館の建設、演劇学校の設置、文芸保護案の制定などが堂々と並べられていた。

しかしこうしてはなやかにお題目を並べて発足した文芸協会も、逍遙の憂えたとおり、抱月の早稲田文学再発刊以外何一つ実現できなかった。そこでせめて演芸部の実演大会でもと、ようやくこれだけは実現させ、その後直ちに幹事会を開いて反省、大整理を行なった。その結果①事業は「早稲田文学」の刊行と演芸部とに主力を注ぐ。②高田・坪内両博士を顧問にいただいて指導を仰ぐ。③演劇学校・音楽学校を設立して演芸部を拡張する、ことを決め直した。だが③の実現はその後、どうしても不可能であった。

そのうち逍遙の方はますます一家をあげての舞踊研究が続き、かねての願いどおり、三月には隣地に舞台付きの新宅を建設し始めた。そして四十年六月に落成するや、一家はさっそくここに移住した。

一方協会も、その後再三にわたって幹部会が持たれ、この会の死活問題である演劇研究所の設立、財政難打解、その他将来性ある運営のためには、ぜひ会長に逍遙をいただいて発足したい、と申し合わせ、これを金子・島村が代表して逍遙まで願い出た。逍遙も苦境に喘《あえ》ぐ門下生をみ、かつ協会の未来を思い、特にこのままでは大隈侯に迷惑が及ぶかも知れぬと、熟考の末これを引き受けた。彼はまず邸内の土地を無償で提供し、文芸協会の芸術上経済上の全責任をその身一つで引き受ける決心をした。

「協会の成行きによっては、どういうことに立ち至るやも測り知れない。裏店《うらだな》住まいをするものと覚悟するように、こう因果を含められました。」

これは当時の思い出を語る逍遙夫人の述懐である。

文芸協会演劇研究所

逍遙の土地提供によって、懸案の俳優養成の件は急速に実行へと移された。名称は文芸協会演劇研究所、修了年限は二か年、研究生は演劇に関する学理(哲学・文芸評論・各種脚本・内外劇史その他)および技法(日本舞踊・ダンス・朗読法・謡曲・声楽その他)を研究する。指導講師には逍遙・抱月・金子馬治・東儀鉄笛・土肥春曙・伊原敏郎が当たり、広い教養を有するインテリ俳優を目ざしたのであった。やがて四月十八日に入所試験、五月一日に始業式という運びとなった。東儀鉄笛の「文芸協会日誌」によれば、第一回応募者二十余名、うち合格者十二名、この中に、のちの松井須磨子こと小林正子（二十三

文芸協会開所式記念写真

最前列右より１人目市島春城、３人目高田半峰、４人目坪内逍遙、６人目林千歳、８人目松井須磨子、10人目の少女坪内くに子、２列目右はし河竹繁俊、左はし坪内はる子、3列目右より３人目伊原青々園、４人目島村抱月、11人目金子馬治、12人目東儀鉄笛

歳）がいたのである。

明治四十三年十二月、文芸協会幹事会は次の事を決定した。①明年より逍遙を会長とし、その独裁によってすべてを処理する。②演劇研究所に試演舞台を新築する。

しかし独裁とはいっても、赤字続きの協会ゆえに、この事業に殉じる覚悟でなくてはとても引き受けられるものではない。むろん逍遙は全財産を投げ出す決意であった。だが親友の高田・市島両氏は逍遙の純粋さと犠牲的精神をもよく知っているため、極力その再考を促し、ともに他の方法を考えようと誘ったが、逍遙夫妻の志は動かなかった。

逍遙が会長に就任して、まず決めたことは、①五月下旬、新築なったばかりの帝国劇場において、第一回公開試演を行なう。②「早稲田文学」は、従来文芸協会の機関雑誌という形であったがこれを別の機関とする。③協会会計監督に逍遙の友人市島春城を迎える。などで、特に試演については、世のジャーナリズムもこれを取り上げ、逍遙が私財を投じて劇団の革新を図るだの、出演者一人一人の生い立ちまで続きもので書き立てたため、前景気はますます上がっていった。

それだけに、逍遙は協会関係者の自重を強く要望し、公演のほか第一回研究生の卒業も目前なので、幹事および研究生全員、ほかに逍遙夫人・坪内大造（逍遙甥《おい》）・くに子（逍遙養女）・はる子（夫人姪《めい》）らすべて集めて、演劇刷新の必要、その事業の難しさ、社会の冷淡さ、協会の方針、そして関係者一同のとるべき態度、公演に際しての諸注意など、およそ二時間半にわたり淳々《じゅん》と説いた。その中には、当然役不足からくる不満の問題、俳優同士の交わり、特に男女交際のあり方（感受性の豊かな者ばかりの集まりであり、当時としては珍しい男女交際の自由な場所であるため、特に注意が必要であった）、言語・態度・服装の諸注意など、それはまるで慈父のごとき、情のあふれた訓示であった。当時全くの局外者であった阿部次郎でさえ、この訓示を読んだ感激を、「中央公論」の「坪内逍遙論」の中で、

「坪内先生は文壇の先輩中厳格な意味で最も事業に堪える人のように思われる。森（鷗外）先生の吏才《りさい》は先生の器用な性質を証明するのみで、先生自身が吏務《りむ》を以て自分の事業とする自覚を持っていられるとは思い難い。道義的自覚と道義的精神の充溢《じゅういつ》として、天職というような高尚な意味において事業をするに堪える人は、おそらく坪内先生を除いてほかにあるまいと思われる。俳優養成所卒業生に告ぐる辞《ことば》のごときは、読んで涙のこぼれるほど貴いものであった。」

と述べている。

第一回公演　文芸協会第一回公演は、明治四十四年五月二十日より七日間、帝国劇場においておこなわれた。出しものは逍遙訳演出指導の「ハムレット」、主たる配役は、国王クローディアスを東儀鉄笛、ハムレットを土肥春曙、オフェリヤを松井須磨子、王妃を上山浦路その他であった。特にハムレット、国王の評判はたいへん良く、王妃、オフェリヤも、初舞台としては上できであった。(三月に配役決定、以後わずか二ヶ月半の練習、それも素人《しろうと》出身の者ばかり——というのであるから、逍遙の指導のうまさがわかる。)

ともあれ帝国劇場は、この興行で文芸協会に二千円の寄付をした。が、協会はほとんどその全部を、今までの負債の支払いと出演者その他の手当、賞与にあて、残余は電話購入費に繰り入れて、逍遙会長はただの一銭も受けなかった。これはその後解散に至るまで、終始変わらなかった。

六月十日、演劇研究所第一期生に卒業証書が授与された。続いて大阪公演の話がまとまり、逍遙はそれに先だって下阪、「文芸協会とハムレット」と題する二時間半の長講演をした。折りから強雨降りしきる悪天候にもかかわらず、聴衆は千名に余った。これは新しい演劇に対する当時の期待を示すもので、逍遙は有頂天であった。公演は七月一日から七日間、出しものは同じ「ハムレット」、しかし東京以上のできであった。

かねてから懸案であった文芸協会試演場は、明治四十四年八月末に完成した。舞台正面の上部に「遊於芸」の額を掲げ、全体に日本趣味豊かな構造で、わが国最初の立派な小劇場である。だがこの設立のために、逍遙はその邸宅と土地の大半を売却し、新住宅のできるまで、一時その楽屋を仮住居としなければならなかった。

ついで試演場落成披露を兼ねた第一回の私演が、九月二十二日から三日間行なわれた。出しものは、

一、人形の家（イプセン作・島村抱月訳。島村抱月・中村吉蔵演出。配役、ヘルマーを土肥、ノラを松井須磨子、その他）

二、舞踊劇①寒山拾得、②お七吉三、③鉢かづき姫（いずれも逍遙作及び指導）であった。

私演は非常な好評であった。特にノラに扮した松井須磨子は、これで一躍名をあげ、新時代のスターとして脚光を浴びた。

逍遙と抱月の指導の違い

逍遙監督の演出は、朗読といい演技指導といい、微に入り細にわたって、一挙手一投足模範を示した。したがって能力のある役者はすぐそのとおりに演ずることができ、全体の仕上がりも早く、よくまとまってはいた。しかし役者自身の個性が失われ、ともすれば自由さや発らつさの乏しい、堅苦しい物真似になってしまう。

対して抱月はどうであったか、当時文芸協会演劇研究所で、逍遙や抱月を師とし、松井須磨子を友として、ともに学んだ河竹繁俊氏（のち早大教授）は、

「逍遙のハムレットの監督ぶりに感服してい

松井須磨子のノラ
（人形の家）

た吾々には、抱月のやり方はまったく妙なものであった。抱月はいつもハンで押したように、舞台から五・六間も離れた見物席の歩み板に腰をかけ、顎《あご》を手で支えた無精な恰好をして、小さい考え深い目でじっと舞台の上を眺めているのだった。そのそばに中村吉蔵氏が坐って、これもおし黙ってただ見ている。始めの二・三回は勝手も分からぬらしく、天気模様を眺めてでもいるようで、ほとんど何も注文がましいことや注意はしなかった。それから追々様子が分かってきても、逍遙のように直ちにせりふ或いは動作の模範を示すことはなかった。ただ自分で注意せんとするせりふの意味と、作にとっての重要さ加減と、その中に含まれている感情や思想の解説と、他の人物やせりふとの関係を説明して、俳優の工夫を促すに過ぎなかった。動作についても、そこの動作はこういう意味をもっと明白に現わすようにせよ、という程度の注意にとどまっていた。あたかも彫刻師が、先ず自分の概念を形づくるべく、材料として選んだ木なり石なりの魂をじいっと眺めていて、次第に荒削りから始め、だんだん精緻《せいち》なものにするというやり方であった。実行にうとく思索的なやり方とでも言ったらいいであろう…。」

抱月の指導はこれで尽くされていると思う。そうした指導が幸いして、須磨子本来の才能がますます引き出されていったのだといえる。むろん研究生時代の逍遙の朗読法、ハムレット劇におけるその演技指導も無視はできない。たとえ素質があったとしても、全くの素人から短期間でその地《じ》をつくったのは、いうまでもなく逍遙の力ではあったろう。だが仕上げは何といっても抱月であった。

明治四十四年十一月予定の東京公演は、すでに逍遙訳「オセロー」の稽古《けいこ》が続けられていたが、私演のままをという帝劇側の申し出があって、やむなく急拠「人形の家」に変更、これに逍遙訳演出の「ヴェニスの商人」と「舞踊劇」をつけて幕を開けた。このときの評判もむろん「人形の家」で、イプセンの新しさとともに、松井須磨子の名はますます高められた。またこの劇がきっかけとなり、いわゆる「新しい女」が論じられ、婦人開放論とそれに対する賛否両論が、教育家・文芸家の間にようやくやかましくなってきた。しかし逍遙指導の「ヴェニスの商人」に至っては、なぜか世論は全く好意を持たなかった。会長である逍遙にしてみれば、文芸協会が評判をえ、ますます飛躍してゆくことは嬉しいことにちがいなかったが、正直いって、それは空虚なよろこびで、心中深く、自らへの失望感と嫉妬《しっと》にも似たある種の感情、敗者の悲しみをひとりかみしめていた。ましてすでに稽古までしていた自分の「オセロー」は、教え子とはいえまだかけ出しの抱月指導の「人形の家」に替えられたのである。そこにどうしようもない屈辱感のあったことも事実であろう。一方抱月にしてみれば、文芸協会成立の事情およびその後の過程からみても、表面はあくまでも控え目にしていたが、しかし内心は冷たい競争意識でもって、暗黙の挑戦をしていたにちがいない。弟子が師以上に優れた場合、多くはその師弟にとって名誉なことなのであるが、逍遙と抱月の場合は、互いに十分の意欲がありすぎた。加えて二人を見つめている観客と教え子と世間の目があって、自然競争の形とならざるをえなかったところに、のちにみられる訣別の悲劇がすでに胚胎《はいたい》されていた、ともいえる。その上彼らの間には、物の考え方にも相異があった。たとえば、逍遙は保守的倫理観の上に立つ典型的人物で、「人形の家」のノラの考え方は当然受けつけない。対する抱月は長谷川天渓・相馬御風らとともに、人も知る自然主義文学の擁護者である。自然主義の立場では、ノラの生き方こそ近代的自我・個人主義に目覚めた新しい女性として、より人間的生き方だったのである。したがって自然主義の岩野泡鳴らは、早速挙《こぞ》ってノラを礼賛している。ただ抱月のみは、自らの信念を恩ある人の手前、強《し》いておおっぴらにいわなかっただけである。以下文芸協会の公演は、常に抱月訳指導の作品が人気の中心となり、同時に演じる逍遙指導のシェイクスピアおよび舞踊劇などは、全く添《そ》えもの的観を呈した。

そのうち協会内では、実質的には抱月の株が上がり、俳優では須磨子の存在が大きくなってきた。このことは自然彼ら自身の発言を強くし、かえって他の幹事や女優たちの神経を刺激した。一方逍遙もすでに述べてきたように、何となく協会の仕事に消極的となり、後を幹事に任せがちだった。

文芸協会における逍遙は「どんなに接近しても怖《こわ》い親父《おやじ》だった」という。まして協会の会長であり、その経歴からいっても、すべての協会員が一目《いちもく》置く大先生であり、いわば監督者の立場であった。

「その逍遙が、講演会と初日と三・四日滞在しただけで帰京した。となると、若い男女が幕のかげや道具裏でささやきを交わすのも自然の成行であった。一方須磨子はノラからマグダと成功し、社会的にも騒がれ出したので、楽屋内でも少しずつ持前のワイルドぶりが始まり出した。」

とは河竹繁俊の言《げん》である。

そんな中で須磨子をめぐる東儀・抱月の対立、加えて須磨子の後援者酒井谷平（医師）もからみ、さらに須磨子自身のナンバーワンスター意識が、性来の勝ち気・野性味・わがままを持って発揮されるに及んでは、ますます他の女優俳優の感情を悪くし、波紋はますます複雑に、隅々の人にまで及んでいくようになったのである。

酒井は東大出身の開業医師、日清生命診療医長であったが、社長の池田龍一らとともに協会の後援者の一人であり、同時に須磨子個人の後援者・いわゆるパトロンでもあった。一方東儀自身も須磨子に特殊な感情をはたらかせた。東儀の性格として、見た目には本気とも冗談ともつかないまぎらわしいものであったが、内心は徐々に一つの真実として固まりつつあった。そこへ抱月が介入してきたのである。須磨子からすれば、東儀も抱月も協会の先生、酒井はありがたいパトロンである。初めは適当にそれぞれと仲良くした。が、やがて互いに反目する中で、最も優しい（わが意のままに動いてくれる）抱月を選んだというわけである。

ところで抱月には妻子があった。当時二男三女の父親であり、逍遙についで次代の早稲田を背負って立つ、早稲田文学科の看板教授でもあった。

島村抱月

抱月はもと佐々山姓で本名滝太郎、島根県出身、明治四年一月生まれであった。父は製鉄業を営んでいたが、滝太郎の幼時に事業不振となり、没落して、滝太郎は裁判所の給仕をし、夜学に通い、苦労して勉学に励んだ。そのころ彼はよく池の傍に一人すわって沈思黙考していたという。このどこか孤独で淋しげな習性、しかし内にじっと秘めたる忍耐強さと負けぬ気、それはその表情にもあらわれ、

島村抱月

彼の生涯をも貫いていた。この裁判所へ転任してきた検事島村文耕は、彼の才能に着目、将来養子となる約束で、月五円の学資を送り、東京に遊学させた。

　上京した彼は郷里の先輩鷗外を尋ね、その教えを仰いだ。また貧乏書生であるため、しばしば鷗外宅で鷗外の母から小遣いを恵まれたといわれている。二十四年東京専門学校文学科第二期生に入学、同時に島村家へ入籍、以後島村滝太郎となった。彼は逍遙から文学を、大西祝《はじめ》から美学を、内にはハルトマン美学を擁する鷗外の感化も大いに受け、主として美辞学を専攻した。したがって逍遙の客観主義、現実主義と鷗外の主観主義、理想主義という二元的調和・折衷主義たるべき宿命を、すでにこのときから背負わされていた。結婚は二十八年、同じ島村家の縁者滝蔵の次女市子を新妻として迎えた。その後大西祝《はじめ》のあとを受けて早稲田文学科の講師となり、「美辞学」「美学」を講じていたが、明治三十五年欧州へ留学、同三十八年九月に帰国した。帰国するやさっそく早稲田文学の復刊、文芸協会の創立、『囚はれたる文芸』『情緒主観の文学』『美学と生の興味』等のすぐれた評論で活躍を開始した。彼の打ち出したものは、自然主義文学確立の助言であり、特に美学を応用した自然主義論であった。しかもこの自然主義の立場こそ、逍遙には歓迎できない代物《しろもの》だった。また抱月が、東京専門学校へ入学した年、はからずも没理想論争を聞く結果となった。一方は、現在自分の学校の先生であり、他方は郷里の先輩であることから、当然彼は興味を持って熱心に聞いた。そして結果的には、彼の性格からいって、逍遙の思想性、理想性のとぼしさ、非近代的文芸観に飽《あ》き足らず、一方、鷗外の美学論、その理想性・近代性にますます敬服した。このことが、けっきょくやがては二人を訣別させる、かくれた原因ともなったと考えられる。

抱月は本来理想主義者であり、芸術家肌のロマンチストであった。その彼が、魂を打ち込んでつくり上げた芸術品、それが女優松井須磨子だったのである。一方抱月の妻市子は、彼の養父島村より強制的に縁組みさせられた女性で性格が強く、温順《おとな》しい抱月は、かつての給仕時代のように家でも学校でも協会でも小さくなって、自らの信念、感情を外に出すことなく、じっと抑制し続けていた。つまり彼にとって、たった一つのストレス解消は、協会での演劇指導、特に須磨子の指導であった。彼は古い、いかにも芝居がかった逍遙の指導を横目でみながら、ついに「人形の家」の舞台に、今までじっと抱き続けくすぶり続けてきた自らの芸術観と憂《う》さとを、渾身注入し発散させたのである。

須磨子は女優としては天才であった。声よく、体よく、マスクも舞台向きだったが、何よりも芸熱心、野性的体当たり的情熱の持ち主であった。彼女は何をやらせてもだいたいうまくこなしたが、特に抱月の指導した舞台では光った。いうなれば、須磨子は抱月という芸術家の生んだ、生ける芸術品、理想のあらわれであったのだ。

芸術家は自ら生んだ芸術作品をこよなく愛する、抱月が彼女のわがままなど何ら意に介さず、むしろきわめて甘い態度であったのも、主演女優としての敬愛と、たいせつにしていたい思いやりとが、何よりもまず先行していたせいであろう。まして東儀や酒井など、須磨子に近づいてゆく男性があれば、ひとしれず気をもみ、彼らから護ってやらねば、という意識がだんだん独占欲に昂《こう》じていったのも、あるいは当然の結果であったろう。

松井須磨子

須磨子の生まれは、信州松代《まつしろ》町であった。「松代に過ぎたるものが二つあり、松井須磨子に佐久間象山」後年彼女が一座のスターとして帰郷したとき、人々はこうはやして迎えたという。本名小林正子。明治十九年十一月生まれである。父小林藤太(士族)母ゑしの四男五女の末っ子で、先祖代々信州上田城主真田家の有力な家臣であった。彼女は上田町立女子尋常高等小学校を卒業し、十七歳の春上京、姉の嫁ぎ先である麻布《あざぶ》飯倉の菓子商風月堂に身を寄せ、店の手伝いをしながら戸板裁縫女学校へ通学した。十八歳の秋、千葉県木更津の旅館業鳥飼《とりかい》啓蔵と結婚したが、まもなく別れ、従姉《いとこ》町田の紹介で前沢誠助と再婚した。当時前沢は巌谷《いわや》小波《さざなみ》に師事し、小波《さざなみ》の口添えで藤沢浅二郎の俳優学校の先生をしていたが、そうした夫の勧めもあって、文芸協会研究所へ第一期生として入学した。

文芸協会での正子は、英語などてんでわからず、教科書を真っ黒にするほど「かな」で読みを書き込み、まるで鵜《う》飲みに覚えたという。それほどの芸熱心と負けぬ気であったから、ろくに夫の食事もつくらず、いつもうどん・そば・納豆・鯛焼で、しぜん夫婦げんかも多くなり、けっきょく前沢が家を飛び出して二人は離婚した。そうした彼女の稽古熱心は、初めこそまるで劇になっていなかった自らを、ついには研究生中第一のうまさへと仕上げていった。かくて帝国劇場における文芸協会第一回公演の運びとなり、芸名松井須磨子が誕生したのである。（はじめ松代《まつしろ》須磨子としたが、おしろいまっ白須磨子だと茶化され、松井にかえた。）以後松井須磨子の名は、文芸協会から芸術座へ、ノラからマグダ（人名…故郷《マグダ》のマグダ）、アニシア（闇《やみ》の力）、カチューシャへと、哀調を帯びた中山晋平のメロディーとともに全国を風びするに至るのである。

素顔の須磨子（須磨子の最もお気に入りの自分）

文芸協会の解散

協会内部では、須磨子をめぐる島村・東儀の争いが、今までくすぶっていた女優同志の対立、同じ研究所の一期生と二期生の対立、あるいは幹部会員と一期生との反目にも火をつけ、外部では「故郷《マグダ》」の公演で非難され、思いあまった逍遙は、ここで一時抱月を斥けて、研究所講師の松居松葉を起用した。するとこれがまた早稲田の若い文士連を刺激し、彼らをして抱月擁護運動へと駆り立てた。逍遙が抱月を遠ざけたおもな理由は、①とにかく現在協会内では、抱月・須磨子が問題の中心人物であり、しかも今なお進行中ゆえ、他に影響を及ぼすこと大である。従来も男女の問題では退会させてきた。幹事だからといって法をまげるわけにはゆかない。②何といっても抱月は早稲田の教授であり、妻子もある。その熱を冷やすためにも今後この仕事から手をひかせて、本来の学問に専心させ家庭へ帰らせることが肝要である。③協会に対する外部の批判もとみに多い。したがって今までの進歩的なものとは違った、無難なものを手がけるのが適当である。という配慮からだったのである。

こうして協会を掩《おお》う暗雲のさ中に、沢田正二郎ら演劇研究所二期生は卒業した。卒業するや彼らのうち六名は退会して、抱月と新しい旗揚げをする気配となり、須磨子もむろん参加する、という情報が流れ、逍遙もついに須磨子を退会させた。この裏では、何人もの子どもをかかえた抱月の妻市子の、逍遙への働きかけもあったのである。一方抱月は須磨子一人が除名されることのないよう嘆願していたが、やはり彼女のみ退会と決まるや、自らも決然辞表を出して退会した。そこで逍遙は協会立て直しのため、幹部役員の大改革を行ない、東京第六回公演（通算第十五回）の準備を進めた。ところが今まで内々に処理していた協会内の問題が、各種報道関係の知るところとなり、一大センセーショナルに書き立てられた。そうなると真相を解する者、ただ雷同する者、あるいは逍遙を弁護する者、抱月・須磨子に同情する者、流言憶説多々入り乱れ、関係者は凄惨な空気に閉ざされた。文芸協会が、早稲田大学を後援者として出発している以上、またその大半が早稲田出身者である以上、当然早稲田大学の名誉にも関することとなり、逍遙は一文芸協会のことばかり考えておられなくなった。というのは、当時、早稲田大学内は、高田派・天野派の間に溝があり（これは四年後早稲田騒動となって現われる）、下手《へた》をすれば天野派につつかれて、高田をはじめ文科の命取りともなると考え、ひそかに高田・市島氏らと相談し、東京第六回公演後解散することに決定した。

思えばちょうど二年前の五月、文芸協会が大方の祝福を受け希望に燃えて、はなばなしくその初陣を飾ったと同じ帝国劇場において、六月二十七日から七日間、最後の劇「ジュリアス＝シーザー」が開演された。それはやがて消えかかろうとする燭《ともしび》の最後の輝きにも似て、演ずる者もけん命ならば、客足もすこぶるよく、満員札《ふだ》止めの盛会のうちにフィナーレは終わり、文芸協会は名実ともに永遠の終幕を下ろしたのである。

なお協会の残務整理に当たっては、かねて協会発足の覚悟どおり、逍遙はその土地と建物を処分し、俳優その他協会員の手当てや寄付者への返金にと使った。むろん彼の書籍や物品も数多く消えていった。

「あたかもそれは、瞬時の間に絢爛《けんらん》と咲きほこり、そして瞬時の間に散っていったあの桜の花の生命にも似ていた。だがいたずらに散ったのではなかった。というのは、それがいかに偉大な足跡を……」残したかは、演劇の歴史を紐《ひも》解けば歴然とする。とにかく文芸協会の誕生はいわば新劇の誕生であり、新しい演劇に対する一般社会の認識を高め、知的水準の高い俳優を養成することによって、過去の俳優を河原乞食・旅芸人などと蔑視《べっし》する風習も打破していった。特に知的女優の養成と出現は、以後の新劇の質を高め、みずみずしく活気あふれるものとした。さらにこの文芸協会で指導を受けた教え子たちが、それぞれ今後の演劇界の指導者となって各方面に活躍、日本の演劇はますます向上していった。①抱月・須磨子の芸術座、②東儀・土肥らの無名会、③第一期生、森・加藤らの舞台協会、④上山草人・浦路夫妻の近代劇協会、⑤沢田正二郎の新国劇、⑥林和《やわら》・千歳の黒猫座および文芸座などがそれである。

著述翻訳のころ

新しい決意　初めにこのころの逍遙に関するこぼれ話を拾っておきたい。

明治四十二年五月、逍遙は親愛の友人二葉亭四迷を失った。二葉亭はその前年、「東京朝日新聞」社員としてロシア（ペテルスブルグ）へ赴き、かの地で健康を害し、その帰途おしくも印度《インド》ベンガル湾上で逝ったのである。思えば二葉亭との交渉は深く長く、明治十九年以来の心の友であり、文学のみならず、その精神生活・処世態度にも、影響するところ大であった。それだけに、その死は逍遙にとって一大衝撃であった。二葉亭も逍遙に、深い信頼を寄せていたのであろう。紅海からアラビア海、ベンガル湾へと続く赤道直下の死の床で、後事を頼む遺言状一通を逍遙宛《あて》に書いていた。随筆「柿の蔕《へた》」の中で、逍遙は二葉亭を追憶し、次のように書いている。

「慎厳な、精緻な、深刻な、一動はおろか一言一字さえもいやしくしない、真摯《しんし》な、どことなく陰鬱《いんうつ》な、それでいて不思議に懐かしみのある二葉亭の態度は、性格は平明着実で健全な代わり、とかく安易《あんい》浅薄《せんぱく》に流れ易い、常識本位のイギリス学風に教養されてきた私にとって、全く他山の石であった。彼に接触する度数の増加とともに、私は自分の態度の非を覚った。作家としての不真摯を、処世人としての軽薄を、自然に反省せしめられたのである」と。

逍遙にとっては、いつまでも生きていてほしい友であった。

ついで明治四十五年のことである。時の西園寺内閣の文部省から逍遙へ、次のような功労賞がおくられた。

文学博士坪内雄蔵多年文芸ノタメ尽瘁《じんすい》シ其功労顕著ナリ依テ文芸委員会ノ決議ニ依リ賞牌ナラビニ賞金二千二百円ヲ授与ス

明治四十五年三月十日

文部大臣　長谷　純孝

これは明治四十四年、文部省内に文芸委員会なるものが設けられ、文芸の進展に貢献する方法として、その年の功労者を表彰するというものである。逍遙の場合、直接には四十三・四年に翻訳出版した『ロミオとジュリエット』および『オセロー』の二編と、文芸協会経営者としての功労に対して与えられたのである。逍遙はかつての博士号や学士院会員を固辞したときと同様辞退したが、ぜひ受けてもらいたいと懇請され、むげにことわることもできなかった。しかし表彰は受けたものの、贈られた金額は文芸協会へ一千円、二葉亭の遺族へ八百円、山田美妙・国木田独歩の遺族へそれぞれ二百円贈ってきれいに処理してしまった。いかにも情あつく金銭的にもさばさばした逍遙らしいやり方であった。

また逍遙には一度こうと思ったら、周囲の思わくや心配などほとんど考慮せず、ただ自分の思うまま感情のおもむくままに、事を決してしまう独裁的なところのあったことも否《いな》めない。たとえば文芸協会の解散にしても、まだまだ逍遙の下で新劇運動を続けたいと願った土井をはじめ、今度の事件にほとんど関係のなかった人たち、あるいは土地建物の提供など逍遙の犠牲の大きいことを知っている知人の中には、「何も解散までしなくっても…」と進言するものもあった、が、それらの意見はいっこう耳にはいらなかった。また士行・大造・くに子・はる子と、家族をあげてあれほどうち込んでいた舞踊研究も、鶴の一声でぷっつり切られ、それに使った小道具類いっさい荷車二台にあまる品を、踊りの師匠藤間勘八に贈ってしまった。それを聞いた勘八の師藤間勘右衛門は、逍遙一家の心情を察して、同情の涙を流したという。

文芸協会を解散し、舞踊研究とも別れを告げ、今後は文芸、特に脚本翻訳の仕事のみに専念しようと決意した逍遙も、さすがに心の空虚はおおい難く、仕事も手につかず、胃酸過多症にも悩まされ、熱海別宅にて静養していたが、大正三年四月、気分転換のため夫人を連れて中国・四国への旅に出た。そして六月、ようやく前年「法廷の場」のみ訳しておいた『ヴェニスの商人』の全訳を完了した。

大正五年七月、高田学長は大隈内閣の要請によって文部大臣に就任した。逍遙は市島と連れ立って直ちに高田を訪ね、いろいろ要談したが、このとき教授退職の腹を決めたものらしい。

早稲田大学の回想記録簿「半世紀の早稲田」によれば、

「高田を名誉学長、坪内を名誉教授、市島を名誉理事に推薦した。これで高田・市島は理事を辞し、坪内は教授を辞すことになったわけで、学園は何となく寂寥《せきりょう》を感じたが、ほかでもない、総長が老軀《ろうく》を提げて国務に奔走している際である、まことに止むを得ないとしてこれを承認した。」とある。

こうしてともかくも教壇の第一線を退いた逍遙は、四月にシェイクスピア『テンペスト』、六月に『アントニオとクレオパトラ』を翻訳し、十月にはセントジョン＝ハンキンの『始終恋をしている男』を、東儀たち無名会のために翻案した。しかし何といってもこの時代の秀逸は『役の行者（女魔神）』である。これの脱稿は四年前の大正二年であり、当時すでに印刷にとりかかっていたものを、文芸協会解散という事情がからみ、行者を逍遙、広足を抱月、女魔神を須磨子ともみられる（事実はそのとおりの）要素があり、世間の反響も考えて、発表を見合わせておいたものである。逍遙の創作の歴史からみて、それは『沓手鳥《ほととぎす》孤城《こじょう》の落月《らくげつ》』以後十五年という長い休息を経、しかも文芸協会や近代劇研究の後に書かれたものである点、逍遙の一大転機を画する記念の名作である。その他早稲田大学維持員会を説いて、小林文七コレクションの芝居錦絵三万枚、ほかに番付類などを購入させた仕事がある。しかもこれが後半の演劇博物館設立の動機とつながっていく。また大正六年六月、史劇『名残の星月夜』を中央公論に発表、さらに翌年『義時の最後』も書き上げた。これは二十九年に書いた『牧の方』とあわせ、逍遙自ら鎌倉罪悪史三部作と称している。

抱月の死と逍遙

大正七年は、逍遙から去っていった島村抱月の斃《たお》れた年でもある。抱月は須磨子が諭旨退会となるにおよんで、須磨子とともに芸術座を結成し、メーテルリンクの「内部」、オスカーワイルド「サロメ」、ズーデルマン「故郷《マグダ》」、ツルゲーネフ「その前夜」、トルストイ「復活」「生ける屍」、ハウプトマン「沈鐘」ほかを、はじめこそ都会中心であったが、やがて北海道小樽から南は九州鹿児島まで、はては台湾・朝鮮・満州・ウラジオストクにまで地方巡業にまわった。彼は内外ともにずいぶん嫌な思いをし、悪口もいわれ侮辱《ぶじょく》も受けたが、ただ黙々とわが道を歩んでいった。たとえば、近代的な芸術俱楽部を設立し、そこで研究劇を試み俳優を再教育し、そのほかもろもろの文化事業研究会をも開いた。たとえ外面上は、師に弓を引いた形となった抱月であったが、実質的には、明らかに逍遙の後継ぎとしてその意志を実行したのである。まこと抱月の夢は大きかった。須磨子の思い出話によれば、アメリカからヨーロッパへも勉強に進出するはずであった。

しかしこと志に反して、この年十一月五日午前一時三十三分、俗にスペイン風邪《かぜ》と呼ばれる流行性感冒によって、芸術俱楽部二階の一室「抱月・須磨子の部屋」に、「あゝ死ぬ―死ぬ―…」と、高熱の中で力なくつぶやいたまま、一人わびしく息を引きとった。ちょうど須磨子が抱月に激励されて、夕方から明治座へ、ダヌンチオ原作「緑の朝」の夜間稽古に出ていた留守のことだった。その日五日は、早朝から冷たい雨が降り続いていた。急を聞いて旧友・知人、いろいろな人が駆けつけた。逍遙も、抱月の妻子も、あるいは芸術座に背を向けて去っていった人々も、あらゆる恩讐《おんしゅう》を越えて合掌に参じ、その死を悼《いた》んだのだった。抱月が逝《い》って五日目、逍遙は抱月の追悼文を「読売新聞」の求めに応じて書いている。

「早稲田文学との関係上、又早大の文科主任及び教授としての関係上、また文芸協会の創立者として及びその経営者の主な一人としての関係上、同君と私の接触は、ほんの三・四人の人達を除くと、比較的最も親密にならざるを得ないわけであった。おそらく同君は私を最もよく知っていた一人であり、私は又同君を最もよく知っていた一人であったろう。が、その互いによく相知っていると自信していた者が、晩年には妙な行きがかりで、互いに何ら相裨補《あいひほ》することも、相忠言することもできない関係となったというのは、何という運命の戯《いたずら》であろう。」

近しい交わりをしていたということが、必ずしもそのままよき理解者であったということではない。逍遙には馬鹿正直な面があり、近しい交際をしていたというそのことを、そのまま互いによく理解しあっているもの、と思う面がある。しかし今日われわれの目からみて、二人の間にはどうしても相容れない、旧と新と、そして思想を越えた人間的感覚の違いがあったと思う。抱月にはそれがわかっていたが、お人好しの逍遙には、それがはっきりとはわかっていなかった。二人の訣別は早晩起こる問題でもあったろう。それにしても抱月の死は、ひとり須磨子や芸術座の弟子のみならず、逍遙にも、日本新劇界にも、日本文壇のためにも、惜しい悲しい現実であった。

ちなみに一人ぼっちになった須磨子は、それでも周囲に助けられ、芸術座主となって抱月の意志に添《そ》うべく、演劇は続けていった。が、さすがに抱月を失った寂しさは深刻であり、それに抱月ほど、彼女に理解と抱擁力を示す人はいなかった。抱月がいたからこそ、彼女はそのわがままがいえたのかも知れない。

抱月死後の彼女の態度は、芸術座の他の人々の言によれば、その生前には予想だにされなかったほど、女らしく、しおらしかったという。それは彼女が無名時代、まだ文芸協会初期の生徒のころの、あのつつましさと同じであった。有名になっての野性的な性格が彼女の生地《きじ》か、つつましい姿が生地なのか、おそらくその両面とも真実であったろう。今は寂しさのあまり、ただただ抱月にすまなかったと思う悔恨と、一人ぼっちの孤独感とが、彼女をつつましくさせてもいたのであろうか。それにしても幼い魂の彼女には、だれか頼る人がいなくては生きてゆけなかった。しかし他の幹事たちは抱月生前の彼女を知りぬいていたし、互いに他の幹部連への気がねもあって、特に手を貸す者もいなかった。まして抱月生前には遠慮していた連中が、今はずけずけいいたいこともいう。それに抱月亡き後の芸術座主として、これを一人で背負っていかなければならない不安と重さ、須磨子の心は、今やますます孤独の穴へと追いつめられていったようである。

須磨子の死

抱月亡きあと、松竹へ身売りした須磨子と芸術座は、大正八年元旦から、有楽座で「肉店」と「カルメン」を開幕した。その四日め、楽屋入りした須磨子のもとへ、松竹から今後の地方巡演の原稿を取りにきた。そのとき須磨子は、すでに決まっていた「肉店」の女房役は代役でゆく、とわがままをこね出した。もともと須磨子にすれば、現在のこの正月公演でさえ、「肉店」より「エレクトラ」を演じたかったのだ。だのにそれは取り上げられず、いわばがまんして「肉店」に出てやっているのだ、それを地方巡演までやれなんて、天下の女優松井須磨子たるものが、そうそう周囲のいいなりになどなっていられるか、抱月生前なら考えられもしないことだった。

〟今はもう女一人だと思って馬鹿にしてるんだわ、みんな〟

後楯《うしろだて》のいない、全く一人ぼっちの須磨子、でも、だからといって、演劇界の女王としての権威が妥協を許さ

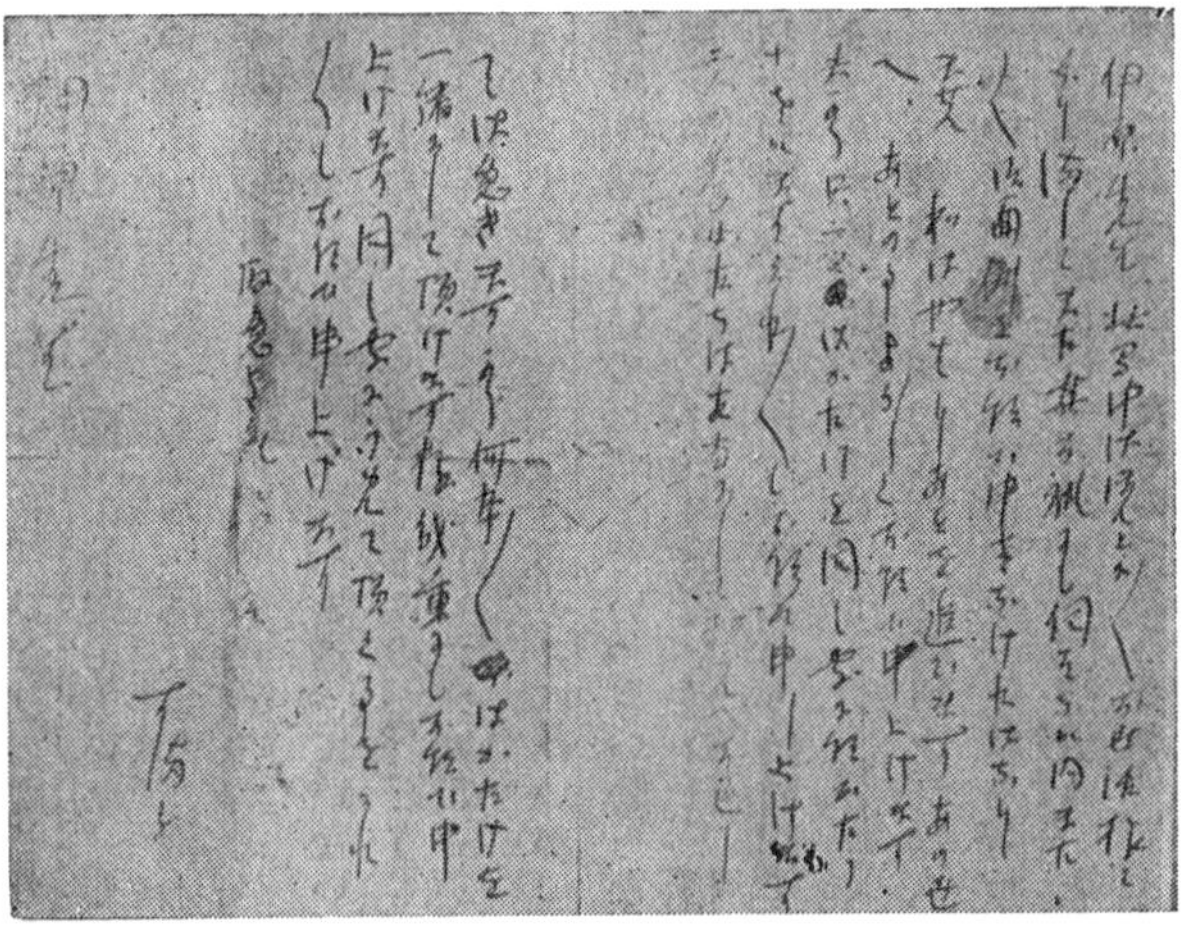

須磨子の遺書（伊原青々園にあてたもの）

ない。わがままと、プライドと、権威の誇示と、そしてどうにも説明のつかない孤独なるものの何かへの反抗心と…須磨子はどうしても「うん」といわなかった。

　その直後の舞台である。今までトチッたり、忘れたりしたことのない須磨子が、間《ま》が外《はず》れたり、ぼんやりとうつろだったりした。女中の話ではその夜芸術クラブへ帰っても、一晩中泣いていたという。そして五日の朝まだき、抱月が死んだと同じ時刻、芸術クラブ二階舞台裏にて自ら縊《い》死《し》を遂《と》げたのである。抱月二か月目の命日だった。遺書が三通、逍遙・伊原青々園・兄米山益三宛《あて》があり、いずれにも「死体はどうぞ、抱月と同じ所に埋めて下さい」と頼んであった。しかし須磨子の切なる願いはきき入れられなかった。彼らが正式の結婚をしていなかったからである。でもその後、坂井久良岐主宰の「川柳会」が、抱月・須磨子の「芸術比翼塚」を牛込弁天町の多聞院に建立した。〃恋人と緑の朝の土になり〃裏面にはこう記されてあった。「緑の朝」とは、抱月逝きし夜、ひとり須磨子のみ明治座の稽古に打ち込んでいたあの恨めしき芝居の題名である。

そのころ逍遙は熱海に静養していた。したがって須磨子の死はそこで聞いた。また逍遙宛の遺書は須磨子の兄米山氏によって熱海へ届けられ、逍遙の意志も伊原青々園を通じて伝えられた。それにしても一月七日午後三時より、青山斎場で須磨子の葬式が挙行されたが、抱月の際には出席した逍遙が、彼女の場合には、出席はむろん何らの弔辞をも送っていない。金子馬治・伊原青々園が参列しているゆえ、あるいはその人達に託したか、代表を依頼したのか。どうもそんな形跡もないようだ。おそらくは熱海は遠隔の地であるため、連絡がスムーズにゆかなかったせいであろう。だがもし、万一須磨子への憎しみのあまり、故意に遠慮したのだとすれば、残念ながらそこにはいかにも狭量な逍遙像がほうふつとし、少なくとも抱月を愛するゆえに、島村問題について死ぬまでいっさい語らなかったなどという、あの広い大きい人間像は浮かんでこない。須磨子からすれば、今際《いまわ》の遺書を頼むほど信頼もし、彼女の胸の中に生きていた人なのである。憎むならこれ以上の憎しみはなかったであろう島村家でさえ、次女の君子が弔問している。逍遙にとって須磨子もまた教え子の一人であったのに。

〝彼女も一個の人間である以上、罪人でない道理はありません。しかし、死はいっさいを償います。〟

かつて須磨子の「復活」や「生ける屍」を、新劇の堕落なりと攻撃した小山内薫はこう寄せている。

逍遙の日記には一月早々不眠症云々《うんぬん》。とある。だがたとえいけないまでも、何とか一片の弔辞、弔電でも誰かに託せなかったものであろうか。

逍遙は、その後ひき続き四月まで熱海で過ごしたが、今や荒宿辺もますます近代化され、必ずしも閑静ではなくなった。そこでさらに静寂の地、三十戸ほどの草屋が点在するばかりの山手の一角水口《いりくち》村に、三百坪の地所を購入した。ここが彼の終焉《えん》の地、双柿舎となるのである。

椿の歌

大正八年五月、逍遙は夫人とともに郷里太田・名古屋方面へと向かった。むろん気分転換のためでもあったが、近年とみに幼少時代がなつかしく、いずれその追憶文も書いてみたい考えであった。逍遙はその昔文芸協会時代に、故郷太田を訪ねたことはあったが、夫人は初めてであった。この人を育てた山・川・土・町のたたずまい、なつかしそうに語る逍遙の一語一語に、夫人はいちいち感慨深げにうなずいて聞いた。木曽の流れは今も変わらず、樹々のみどりの彼方《かなた》からほうはいとしてふくれあがっては、何か永遠なもののように滔々《とうとう》と広い明るい彼方へ流れてゆく、夫妻は人間の歴史といったようなことを考えていた。なつかしかったのは山や川ばかりではない。幼年の日、ともに遊び、たわむれ、転がった、あちこちの友人にも逢い、昔を語り、記念撮影して、日本ラインを犬山へ下り、名古屋へ出て帰京した。久しぶりにゆったりした故郷訪問は、何にもまさる心の慰めであった。この訪郷がのちに次のごとき「椿の歌」をなさしめた。

やま椿咲けるを見ればふるさとを幼きころを神の代を思ふ

その後この一首を色紙に認《したた》め、今一枚には墨痕《ぼっこん》あざやかに「山近水長」の字を配して、つごう二枚太田町へ贈っている。

野外劇と児童劇運動

かぎりなく変るがをかし朝な夕な
山いろいろに海いろいろに
老柿《おいがき》のいささ五百枝《いおえ》のをち方の青海原《あおうなばら》は見れどあかぬも

逍遙の熱海双柿《そうし》舎での感懐である。双柿舎は荒宿別宅のかわりに大正九年新たに水口《いりくち》村へ建てられた彼の別宅である。塔さながらの書屋の屋根、ことに庭先の老樹、おそらくは樹齢三・四百年にもなるという柿の樹であった。それも二本あるところから、双柿舎と名付けられた。背景には四季折り折りに色を変え、かつは北風西風を防いでくれる六角屏風の山が連なり、はるか南東に見はるかす伊豆の海は、遠く太平洋の黒潮を運んで、ときには眼にしみる紺青《こんじょう》色に、ときには渺茫《びょうぼう》たる鈍《にぶ》色に、はるか無限の広がりをのぞかせる。また眼下を東西にのびる熱海の家並み、ことにいくすじもの湯のけむりが、静かに空に立ちのぼるのを木の間にみるとき、逍遙は心にえもいわれぬ平和を感じた。彼は熱海をこよなく愛していたのである。

双柿舎

その一つのあらわれとして、長編脚本『熱海町のためのページェント』(大正十年二月発表)がある。ページェント（野外劇）が知られ始めたのは、大正九年の春、東京で開かれた世界日曜学校大会からであるが、逍遙のそれは全く独創的なもので、その利用により、いわば民衆劇として、社会の芸術化と芸術の社会化とを理想的に実現しようと考えたのである。そもそもそうなったいきさつは、大正九年六月、早稲田大学で三日間二時間ずつの演劇に関する講演をおこなった。そのとき「今後も学生の要望を満たし、他面文学科興隆に資することができるために『文化事業研究会』を設立しよう」という話が出て、けっきょくその秋、この会が早大文学部内に誕生した。入会申込者三百名、文学部は久しぶりに活気を取りもどした。会の内容は「国民演芸」「文芸教育」の二部門にわかれ、毎週六時間の講義、ここに初めてページェント劇を提唱し、そのいわば見本として、『熱海町のためのページェント』が生まれたのである。

はるかギリシァの昔にも、特に中世ヨーロッパで、祝祭日に宗教野外劇が演じられた。逍遙の場合も、熱海の町の祝祭日にでも使われることを願って書かれたものであろう、ふんだんに音楽を使い、仮装行列や歴史劇や田舎踊《フォークダンス》やら、なかなかバラエティーに富んだものであった。といって実演してみないとわからない。そこで大正十年十月、その一部が早大文化事業研究会会員によって、陸軍戸山学校の広場に催された。が、残念なことに天候が悪く、終演近くには雨も降り、努力のわりには社会的反響も乏しかった。しかしこの日が、国民演芸ページェント本邦初演の記念日であることを思えば意義もある。

かくして逍遙はここにも新しい道を切り拓《ひら》き、ページェントは以後も盛んに各所で演ぜられた。だがいかんせん、それも一時の流行で、やがてまただんだん下火《したび》になっていった。また「文化事業研究会」も、国民演芸部門の方こそ、逍遙らの努力でまず活発に続けられたが、文芸教育部門は不振であり、ついに大正十二年春、逍遙の要求で解散した。

一方文化事業研究会が不振となるころ、逍遙は児童劇の運動に乗り出していた。彼にとっては、ページェントも児童劇もほぼ同じ動機からの主張であった。つまりページェントによって社会の芸術化を試みると同時に、児童劇によって家庭の芸術化を試みる。いうなれば芸術を社会から家庭にまで徹底させる。そして民衆の劇への趣味鑑賞力を養い、その創造力を啓発し、新しい芸術を誕生せしめるという算段であった。逍遙の目からすれば、今までの児童劇はほとんど興業本位であり、非教育的かつ少年少女向きではなかったりした。そこで逍遙は次のようにいう。

「私は子供自らをして工夫《くふう》させるということを第一要件とし、保母や教師の注入的教授法によらずして自発的ならしめたい。人間固有の芸術運動や創作本能を善導して、これによって広い深い意味の心性陶冶《しんせいとうや》に資し、兼ねて将来の文化に役立てよう。故に先ず家庭的でありたい。家庭的なものから順次規模の大きなものに進むべきである。…」と。

子どもも自らをしてくふうさせる。これは相手が子どもだけに理想に近いほど難しい。しかしきわめて新しく、またたいせつなことであった。

また「家庭用児童劇」という語は、逍遙の提唱する新しいことばであり、多くの注目を集めるところとなった。家庭用児童劇、逍遙はそれをこれからの婦人の仕事とせよ、という。つまり夫は実用面の仕事に携《たずさ》わっている。それに対して妻は妻として、そうした夫への広義の内助の意味で、余暇を使って子どもの情操教育（芸術教育）を分担する、というのである。すなわちそこには女性の啓蒙の意味も含まれていたわけである。そうした「家庭用児童劇」のための脚本も、逍遙は相当数書いた。たとえば「狐と鴉《からす》」「メレー婆さんとその飼犬ポチ」「美しい歌」など、その数は四十数編にも及んでいる。

ひげ剃り落とした逍遙

逍遙はまた、これら児童劇の演出にも、その新しさを出すために大いに努力した。彼の演出の根本的信条は、簡素《シンプリシチー》・純樸《ナイビティー》・無邪気《インノーセンス》ということで、舞台装置・扮装・動作・すべて写実を離れた、暗示的象徴的であることを基本とした。

またその公演についても、たとえばその皮《かわ》切りは、大正十一年十一月の有楽座で、その後東京だけでも計五回、それぞれ帝国劇場・有楽座などで、二日、三日、ときには六日間の昼夜興業であった。おもしろいのは大正十三年四月二十六日より三日間、早稲田大隈会館庭園で演ぜられたころ、逍遙が鼻の下の、あのいかめしいりっぱな髭《ひげ》を、「無用の長物なり」と、チョン！と剃《そ》り落としたことである。どんな心境の変化なのか。おそらくはこの日に備えて髭の手入れをしていたところ、不覚にも剃り落としてしまったか、あるいはあまり熱心すぎて右左《みぎひだり》びっこになり、けっきょく最後に「ええい！」とばかり剃り落としたのではなかろうか。なぜなら彼のトレードマークの髭は、まもなく装いを新たにしてまたもとのさやにおさまっていた。

公演は東京ばかりでなく、大阪・京都・神戸・名古屋でも、公会堂や女学校の講堂を使って、逍遙の単独講演とともに昼夜二回ずつ演じられた。同十三年九月下旬、「坪内博士直接指導児童劇団」を組織して、再び九州福岡をふり出しに、長崎・佐世保・別府などを巡演した。このはなばなしい活躍に刺激を受けてか、各幼稚園・小学校でも、児童劇はますます盛んとなり、逍遙の脚本も多く上演された。

早稲田の河竹繁俊氏は「専門家の間には多少の異説はあったにしても、逍遙によって、はじめて児童劇なるものの確立を見たと言っても過言ではない」と述べている。

晩　年

シェイクスピア最終講義と全集完訳

大正十三年六月、早大文学部長片上伸が、やむをえぬ事情でその職を辞したので逍遙は固辞する五十嵐力を説得し、総長高田に推薦して部長に就任させた。その五十嵐からぜひ文学部に重みをつけるため出てほしいと頼まれれば、こちらにも連帯責任があって否ともいえず、逍遙は一週四時間ずつ出講した。歌舞伎劇史が二時間、シェイクスピアが二時間だった。しかもこのシェイクスピアだけは、昭和年代に入っても大体ずっと続けられていたが、今度こそぜひ打ち切りたいと希望したので、昭和二年十一月、落成式をあげて間もない大隈講堂に、十七・二十四の二日にわたって、記念の最終公開講義をおこなうこととなった。このことが世上に伝わると、諸方から聴講希望者があらわれ、当日の聴衆は二回とも一千六、七百名に達し、全く立錐《りっすい》の余地もなかった。当時聴講した下村海南に次のような歌がある。

　夕日さす早稲田の町を講堂へ講堂へとつづく男も女も

この日の講義は、逍遙の最も愛する『キング＝リア』で、聴衆は魅せられたように、ただその軽妙な舌芸術に聞き入った。彼は最後に『テムペスト』のプロスペロが述べる閉場のことば(それはそのままシェイクスピアの引退の辞でもあった)をひいて、自らの引退の辞ともした。文学部長五十嵐力は、聴講者一同になりかわり、年来の恩をねんごろに謝して、万来の拍手《はくしゅ》・花束という劇的光景のうちに、逍遙は最後の演壇をしずしずと下りていった。彼にとっても、きわめて思い出深い最終講義であった。

シェイクスピアといえば、世界最大の詩人かつ劇作家であり、日本では、欧米文学がしきりに紹介されていた明治十五年過ぎ、リットンやスコットらとともに多くの日本人読書家の心を奪った。その最も深く心奪われた青年の一人、それが若き坪内逍遙だったのである。そもそも逍遙とシェイクスピアの最初の結びつきは、明治八年彼十七歳の、愛知英語学校時代にさかのぼる。逍遙はここで米人レーザムからシェイクスピアの講義を聞き、ハムレットの身ぶりまじりのセリフ、エロキューションの指導を受けた。そして明治十六年、大学を出るや、さっそく東京専門学校の講師となり、外国史・憲法論を講ずる傍《かたわ》ら「ジュリアス＝シーザー」を翻訳、翌十七年には、これに『自由太刀《じゆうのたち》余波鋭鋒《なごりのきれあじ》』という、いかにも江戸の戯作的書名をつけて出版した。ところがこのときの読者の賞賛および反響は、全く訳者には思いがけないほどの大きさで、彼はこのことがあって以来、文壇生活へはいることを決意するに至ったとさえいわれる。そののち明治二十四年「マクベス」に着手して以来、昭和三年の「ヘンリー八世」『シェイクスピア研究の栞』に至るまで、ときに断絶はあったが、ついにシェイクスピア全四十巻、細大もらさず完成したのである。世にシェイクスピアの翻訳は多い。しかし全集完訳を持つ国はきわめて少なく、まして独力でそれをなしたのは世界にもその例がないといわれる。坪内士行氏の指摘しているとおり、逍遙はその十六歳より七十七歳の死に至るまで、折りにふれときにふれ、シェイクスピアに立ち帰り立ち帰りしては、またそこから出発した。いうなればシェイクスピアは、あるいは彼の「心の故郷《ふるさと》」でもあったのだ。

演劇博物館

坪内逍遙の記念館ともいうべき、早稲田大学演劇博物館は、昭和三年十月末にその完成をみた。もともとこれを設立する最初の声は、おそらく逍遙自身から発せられたものらしい。というのは、すでに大正四・五年ごろの、彼の手控え帳「その折々」に、「未来の仕事」としてあげた幾つかの項目があり、そこに「舞台画（劇画篇―演劇博物館設立案―浮世絵と劇画）」と書いている。つまり彼は、将来演劇博物館を設けて、歌舞伎関係を中心に、あらゆる劇関係の資料を一堂に集め、一つにはこれを公開して、広く一般の劇への関心・教養を高め、一つにはこれら良きもの珍しきものをながく後世へ保存したい、という意志を、すでにこのころから持っていたのである。また後年演劇博物館の重要な資材となった芝居錦絵三万余枚を、大正五年に、大学を説いて購入せしめたのも、むろんこうした下心があったればこそで、そうした逍遙の考えは、おのずと身近な人達にもわかっていった。

その後大正十五年より、著者自ら取捨鑑別して編集された『逍遙選集』（逍遙のあらゆる分野、すなわち小説・脚本・各種評論・各種記録語録・随筆をほとんど網羅《もうら》した全十五巻より成る豪華本、完成昭和二年、春陽堂出版）が、逐次刊行されることとなり、一方には、やがて迎えるべき昭和二年の古稀《こき》に備えて、シェイクスピアの全訳も終わる、という話も伝わり、それならばその記念すべき年を祝して、逍遙へのはなむけに演劇博物館建設を実現してはという声が、彼をとり巻く、友人・教え子・校友有志のうちから起こりはじめ、ついに正式の準備機関をつくって発足邁進する運びとなった。伝え聞いた逍遙は大いに喜び、逍遙選集の印税などすべて、この資金にあてられることとなった。演劇博物館は、その建物がそのまま演劇資料たるべきエリザベス朝時代のフォーチュン座を模した鉄筋コンクリート、地階ともに四層という立派なものである。そこで子爵渋沢栄一を筆頭とする演劇博物館設立事業会発起人の人々は、昭和二年六月、広く全国賛同者に寄付を募り、昭和三年十月二十七日ようやく開館式を迎えたのであった。式は約一千名の参列者を迎え、劇場の舞台を模した館の玄関を壇として盛大に催された。このとき逍遙は、一時間になんなんとするねんごろな謝辞を述べた。それはのちに、中等学校の教科書にも採用された感銘深い名演説であっ

早稲田大学演劇博物館

た。いまその内容を項目的にあげてみると、

一、諸君の御同情御援助によって、多年の宿願を果たした私のよろこびは言舌で尽くせない。

二、この建物は、今は内容のない倉庫だが、早晩、わが国のために世界のために、新文化を育てる揺籃《ようらん》となることを信じている。

三、今や世界の文化も演劇も大改造期に達し、しきりに他山の石を求めている。その他山の石はあまねく古今東西のものが必要で、それらを比較研究することが極めてたいせつである。私の演劇博物館設立希望の動機もここにあった。

四、この館の構造設計をシェイクスピア時代のフォーチュン座によったのも、地球座（The Globe）の表看板のラテン格言“Totus mondus Agit Historionem”「世界はすべて劇場なり」を玄関の正面につけさせたのも、館そのものを一演劇資料とするためで、同時に演劇博物館の使命をも説明しているからである。

五、今紹介した二つの劇場で活躍したシェイクスピアは、一時代の作者でなく万代のための作者であり、一国民のための作者でなく万国国民のための作者であった。博物館の目的もそうありたく、そのためにも文献資料が古今東西にわたるものでありたい。

ざっとこんな意味のものであった。こうして演劇博物館は生まれた。建物そのものが演劇資料であり、中には芝居錦絵・文楽人形・衣裳・かつら・番付・舞台模型等が豊富に並べられ、広く一般にも公開された。

死に至る病

昭和九年六月二十日午前、空も山も町もたんぼも灰色にけぶる雨の中を、逍遙を乗せた汽車は、一路西へ全速力で海をさがしていた。戸塚が過ぎ、藤沢が過ぎ、やがてなつかしい、相模灘《さがみなだ》が、足もとまで見えてきたころ、逍遙はあの六月特有の、じっとりと汗ばんでくる車中の人いきれからのがれるように、窓を細めに開け、潮風をいっぱいに吸いこみながら、目を開いたり閉じたりしていた。何ともいえないいやな蒸しあつさ、しかしどこかにぞくぞくする悪寒、しかし今日はふしぎに重く沈んだ後に思えばあるいはこのとき感冒《かぜ》をひいたものらしい。逍遙はその夜半、双柿舎でどっと四十一度もの熱を出したのである。翌朝さっそく熱海岩田医師の来診を乞い手当てしたが、熱は容易に下がらず、三十八度から四十度の間を上下するのみだった。初診の見たては感冒であった。齢《よわい》七十六歳とはいえ、なかなか気丈夫な逍遙である。なんだ感冒くらい、と、あるいは見くびっていたのかもしれない。熱があっても訪問した伊原青々園に平気で逢っているし、起きてハガキなども書いている。しかし熱はどうしても下がらない。そこで二十七日には、早大校医、小田原海浜病院長草野博士も招いた。診断の結果、主治医立合いの上、感冒の誘発した肺炎と決定、絶対安静を宣告された。肺炎は、かつて大正十四年二月にも罹《かか》ったことがあり、今度は再発である。熱も執拗《しつよう》であった。しかし、だからといって片時もじっとしていることの嫌いな逍遙は、もう七月下旬には庭内を散歩することもあり、気分の良い日には新修シェイクスピアに手をつけることもあった。

やがて秋となった。秋になっても微熱は続いた。十月十七日、一家で上京、校医草野博士を招いてその診断を受けた。草野は率直に「肺浸潤《はいしんじゅん》」であることを告げた。夫人の後日談によると、逍遙は「私は別に悪いこともしなかったのに、どうしてこんな病気になったのであろう」と述懐していたという。愚痴《ぐち》をいわない逍遙の、いい始めでありいいおさめであった。それにしてもこの一語には、結核を因縁病《いんねんやまい》として忌み嫌った当時の考え方がよくあらわれている。

臨終

昭和十年一月十六日、中央公論社員雨宮と木暮は、逍遙の病状を見舞いかたがた、『オセロー』の原稿をもらいに熱海双柿舎に逍遙を訪ねた。そのときの模様を木暮は次のように書いている。

「お伺いして『オセロー』のお原稿を戴いた時、私は今までにあれほど感激したことはありません。一行として完全なものはない。真赤です。完膚《かんぷ》なき訂正とは真にこのことです。私は瞬間ハッとして太息を吸いこんだ。塊りのようなものが胸にこみ上げてくる。それを堪えて太く息を吐いた時は、涙で何も見えなくなりました。そしてこれほどのお骨折に対して、かりそめの気持で校正などしてはならないと、固く決心して辞去したのでした。真赤に訂正された『オセロー』のお原稿を見る時、何事も最後まで、かくの如く努力をせよ、と身を以て示された、血を以て書かれた遺訓のように思われるのであります。」(『沙翁《シェイクスピア》復典』十九号)

「オセロー」はまさしく逍遙の最後の仕事であった。このころずっと不眠が続き、睡眠薬を連用、人との応対には始終温顔に笑《え》みを湛《たた》えてはいたが、当然その体はだんだん衰弱へ向かった。日記も一月二十七日までで、以下空白となった。そして二月、今度は食欲も出なくなった。八日逍遙は執事《しつじ》の生田七朗に自分の葬儀のことを申し渡した。そのうち山田清作、飯塚くに子も看護にかけつけた。十五日、相当に衰弱して、一人で寝返りもむずかしい逍遙が、その夜は特に物やわらかな態度で、家人・看護婦を遠ざけた。執事の生田七朗は、ふと不思議に思い、隣室でそれとなく注意していた。逍遙は、やがて家人の寝静まったのを見計らい、夜具より這《は》い出し睡眠薬の瓶を手にした。瓶を手にするのは多量飲みたいためであった。しかし生田には、その動作にある予感がピンときた。びっくりして飛び出した彼は、つい厳しいことばで制し、逍遙を床へつれもどした。このときの生田の態度が、まるで子どもでも取りおさえるようにしたとあって、逍遙のきげんをひどく損じた。それにしても逍遙は、いったい何のために睡眠薬をそんなに多量に飲もうとしたのか？「願わくば朧月夜の落椿」。冒頭にも紹介したように、「今度こそ駄目だ」と予感したため、少しでも死期を早めようとしたのであろうか。まして後述の遺書を照合するとき、自殺をはかることも十分ありうる。しかしついにそれによって他界したとは考えられない。なぜならこの件あって以来、睡眠薬は少量ずつ医師から直接渡されたからである。

そして昭和十年二月二十八日、夫人・くに子・山田清作・生田執事夫妻・付添い看護婦の見守る中で、逍遙坪内雄蔵は、真に眠るようにこの世から消えていった。数え年七十七歳、満七十五歳と九か月の生涯である。

三月二日、まずは近親者のみにて熱海で仮葬儀をおこない、正式の告別式は三月四日午後、早稲田大学学園葬として青山斎場で行なわれた。参列者三千名、田中早大総長、松田文部大臣、英国大使ほかのねんごろな弔辞が述べられた。特に衆議院が院議をもって弔辞を贈ることは、学芸壇の人としては、それ以前には、わずかに福沢諭吉があるのみという。戒名は「双柿院始終逍遙居士」とつけられた。またその遺骨は、その後百か日法要の際、夫人・友人らの手によって、彼の愛した双柿舎にほど近い、そして双柿舎と同じように、はるかに熱海の町や伊豆の海の臨まれる海蔵寺境内に埋められた。墓碑には市島謙吉が、深い友情と愛惜の思いをこめて、「逍遙坪内雄蔵夫妻之墓」と書いた。「やがて私もそこへ行くのですから」というセン夫人のことばを入れて、あえて夫妻としたのであろう。そのセン夫人は、逍遙没後ひたすらその冥福を祈り、双柿舎に余生を送っていたが、昭和二十四年二月二十一日、八十五歳で長き眠りについた。そして逍遙の命日である二十八日、同じ海蔵寺に埋められた。戒名を「双柿院連理仙古大姉」という。

遺書

逍遙には三通の遺書があった。そのうちの二通は病が重くなって書かれたもので、字も乱れ、内容も単に後事について述べたものだが、あとの一通は死の二年前、つまり昭和八年二月、いつ死んでも心残りのないように、しかも自分の死後、発表されんことを願ってもいたかのような様子で、原稿用紙四・五十枚に、きちんと清書されたものだった。まず初めの二通のうちの一通は、

「自分の死後、双柿舎には山田清作夫妻を住まわせ、離家《はなれ》（逍遙が死の一年前に双柿舎庭内に建てたもの）におせき（夫人の名はセンであるが、逍遙は家庭でおセキと呼んでいた）が住まってはどうか。ただし山田の細君は、鶏を飼うことが好きだから困るかも知れないが、囲いをすればよかろうと思う。しかし、どちらにだれが住もうとも、おせきの考えに基づいて決めるがよろしい。あとは野となれ山となれの譬《たと》えもあるから、堅

苦しく考えないで善処するように」

という文面であった。当時逍遙夫人からそれら遺書を示された河竹繁俊は、特に「あとは野となれ山となれ」の文字が強く印象に残った、と述べている。二通のうちあとの一通は、「自分は平生睡眠薬を用いているから、いつも精神が朦朧《もうろう》としている。したがって、いつ深い眠りに陥《お》ち入るかも測り難い、が、そのような場合にも決して立ち騒いではいけない。そっとしておいてもらいたい。」という意味のものだった。この書置きの様子では、取りようによっては、自殺を図るための用意であった、と取られても仕方あるまい。しかし先述のとおり、けっきょくはありえなかったことである。最後に問題の長い一通である。これにはちゃんと“Her past and my several life”(彼女の過去とわがある生活)という見出しがついていた。Her past とは夫人の過去のことである。逍遙の妻はすでに結婚のところでふれたとおり、東京根津の花街出身であった。それは周囲のものにもうすうすわかってはいた。だが逍遙はそれをずっとひた隠しに隠してきた。事実を知っている昔からの友人たちもまた、暗黙のタブーとしてずっとこれを口外しなかった。にもかかわらず、今になって、なぜこのことを告白しなければならなかったのか。

元来「逍遙」という字には、ぶらぶら歩き、さまよいの意と、何ものにも束縛されないで心のままに楽しむの意がある。事実逍遙には、元来①実直なお人好しな面と、②英雄気どりで少々軽薄な面と、③自由な身まま気ままな面とが同居していた。そうした英雄気どりと、純情青年である彼の心中に、理想化し、なかば同化してしまっていた歌舞伎の発想、世話ものの、あの二枚目的心境が彼女に対する愛のささえともなって、彼女を苦界より救い、結婚へと駆りたててしまったのである。だが、うしろめたさはずっと彼の心の片隅に巣くっていた。教育界への進出を極力さけていた逍遙が、高田・市島らの要請を受け、やむなく早稲田中学教頭となり校長になったものの、自らその職を辞したのも、早大文学科長や早大学長、そして学士院会員など栄誉ある地位へ推薦されながら、それらを固く辞退したのも、あるいは英国のグロスター殿下訪日の際に、シェイクスピア学者として特にお召しがあったにもかかわらず辞退したのも、また久邇宮《くにのみや》殿下の双柿舎訪問も極力断わり、断われないと知るや、妻をはるか奥へ隠して殿下の前へ出さなかったのも、すべて主原因はセン夫人にあった。それは夫の社会的地位が高まるにつれ、夫人の生いたちが表面化して、世間からとやかく取沙汰されるであろうことを慮《おも》んぱかり、夫人を世間からかばうためであったのだ。尾崎宏次氏のいわれる、逍遙の妻に対するひたすらな閉鎖的愛情の傾注なのであろう。しかし一方、武士の子弟としての逍遙の意識にもよるものであった。逍遙自身の中にはヒューマニズムとは別に、儒学的な武士的な潔癖さから、娼妓を妻としたことによる世間への遠慮・自重・謙遜があったのではないか。妻とわが身を一体と考えれば、自身が皇族や貴賓の前に出ることを徹底してさけたとも考えられるのではなかろうか。本来陽気な極楽とんぼと自称した彼は、その学生時代は品行方正学術精励な優等生ではなく、気儘《きまま》といってもよい文学青年であった。世間態にこだわらず、好きな女性と結婚し、自由な文学者としての生涯を送りたかったにちがいない。それが教職につき、生涯修身の手本のような、倫理観に徹した生活態度をとらざるをえなくなってしまった。つまり、彼のナイーブな性格を自ら拘束し、抑制したのである。当然彼の内部に精神的葛藤がおこらぬはずがない。彼が常に胃病に苦しみ、中年から極度の不眠症にまで陥ったのも、このような精神的圧迫《ストレス》によるものであろう。けっきょく社会が彼の望まぬ方向へと強引に彼をひきずってしまったのである。表面には秘められていた彼のナイーブな精神の悲痛な叫びが、今私には聞こえてくるような気もする。彼の作品の『新曲浦島』の浦島、『名残の星月夜』の実朝なども、おのがナイーブな精神の自由を希求して、現実の抑圧から脱出せんと願っている、私はそれら作中の人物に、彼の潜在意識を見いだしたように思うのである。また逍遙も人の子であり芸術家である以上、モラリストは彼の全人格であったといえるであろうか。終生妻をかばいながら、聖人君子のごとき倫理に徹した生活態度をとりながら、逍遙は自らの青春の一点と、それに付随する夫人の過去に始終こだわっていたのであろう。実直な彼は自分の青春を顧みて、その「回憶漫談」に、「二葉亭との交際によってわが過去の無自覚や不見識、軽薄な虚栄や自惚が堪まらなくいやになった」と述べている。世に夫婦道の範を示し、世間からも敬まわれながら、あまりの潔癖さゆえに自分たち夫婦の過去を思い、何か偽善者めいた自己嫌悪を感じていたのではなかろうか。そして今までおおいかくしてきたことを赤裸々に世間に告白することによって、彼自身の懺悔《ざんげ》としたものであろう。

それにしても、今ごろ逍遙の魂は、この窮屈《きゅうくつ》な浮世をのがれて、今度こそ全くだれに遠慮も気がねもいらない自由の天地で、生前、旅でよくそうしたように、セン夫人を伴《とも》につれ、まだ見ぬ国をあちこち逍遙しているのではあるまいか。それとも、昼はまるで地から湧いてでもくるような騒音の街へとふくれ上がり、夜は七色のネオンの海と歓楽の不夜城と化してしまって、今は全く昔日のおもかげをなくしてしまった熱海を見下ろしては、「嘆かわしいことじゃ」とでもつぶやいているであろうか。

しかし筆者の訪れた秋風の双柿舎では、そうした街の観光化をよそに、裏山に昔のままの名知れぬ小鳥が平和をうたい、逍遙もそうしてながめたであろう柿の梢には、今しも落ちゆく夕日がそこにも点在しているかのように、つややかな実が、いちだんと美しい朱《あけ》に染まっていた。

第二編　作品と解説

当世書生気質

出版まで

新興文学の樹立をめざしていた二十七歳の逍遙は、翻訳小説『慨世士伝』に続いて、長編小説『一読三歎当世書生気質』を発表、処女作で一躍文壇にデビューするという飛躍を示した。

明治九年、まだ東京開成学校入学前のある日、青雲の志を抱いて上京した逍遙と、同郷の八代六郎《やしろ》（のち海軍大臣）文学好きの後藤斉吉（医学部志望）の三人が集まって、あるいは後藤の漢文和訳式自作小説の朗読を聞き、あるいは三人で、「俳諧水滸伝《すいこでん》」の人物評に興じて、一緒に上京したその他の学友や自分達の将来について語っていたが、そのうち八代が、「めいめい『水滸伝』の豪傑に倣《なら》って支那風の別名を作ろう」と提案し、逍遙も水滸伝風に、平十雄（坪の土《つちへん》を取って平とし、その十番目の子の「雄」蔵という意味で、へい・じゅう・ゆうと読むのであろう）などといったりした。その他当時の逍遙は、二度までも馬琴に逢った夢を見たり、仮名《かな》垣魯文《がきろぶん》に弟子入りしたいと考えたり、夢多き文学青年であった。そんな逍遙であったから、この日の後藤の自作披露や、八代の提案から刺激を受け、さらにこの日の話題にヒントをえて、「同時上京の学友を参考に、たとえば『俳諧水滸伝』風に、殺伐でない『八犬伝』だか『十杉伝《じゅっさんでん》』（大内氏の臣）を書いてみよう」と思いついたという。そしてその実行は次のようになされていった。

すなわち後の「回憶漫談」によると、そのころ彼はいつの日にか備えて、大学生活の折り折りを盛んにメモに取っていった。たとえば①彼らが神田の天ぷら屋「松月」へ足しげく通い、そこで憲法論、小説論をたたかわせたこと、②天ぷら屋通いが重なって、ついに借金まで作ったこと、③それら天ぷら屋通いがついに学内における演説会で攻撃され、大学副総理浜尾新にも呼び出されて大いに叱られたということ、④その他学生仲間との遠足のあれこれなど、事こまかにノートしておいたのである。そして約八年後の明治十七年、長い間温存していたこの腹案を、「遊学八少年」と題して、魯文の『西洋道中膝栗毛』式に、筋のない小説として書き上げる予定で、まず東洋館と出版契約、東洋館でもその看板を掲げてさっそく宣伝につとめたが、どうしたわけかついに出版されなかった。そこで逍遙は、「小説神髄」で示した彼の新しい文学理論の実践を試みるため、この出版しなかった「遊学八少年」の腹案にさらにプロットを加え、かつ内容を変更し、題名も「当世書生気質」と改めて書くこととなった。

上京間もなくの逍遙(中央)と八代(左)、後藤(右)

起稿は明治十八年四月九日、出版社は晩青堂、「文学士春のやおぼろ」と銘うって、和紙分冊雑誌の形式で、十八年六月その第一号を出版した。以後毎月一ないし二冊ずつ刊行、十九年一月の十七号をもって完結した。

構成・登場人物 モデル問題

「当世書生気質」の「当世」とは、明治十四・五年を指し、新旧過渡期にあった社会をバックに、東京大学寄宿舎時代の体験や見聞《けんぶん》を中心にして、当時の学生の物語を、滑稽《こっけい》本・人情本の写実を基《もと》に、風俗小説風に書き上げたものである。

主な登場人物は、気弱なハムレット型の青年小町田粲爾《こまちださんじ》、逍遙のいう一等老成人（物の道理をよくわきまえた常識家）らしい守山友芳ら書生約十人、小町田の義妹《いもうと》で、今は芸妓の柳村屋田の次《たじ》（実は守山の妹お芳）、守山の妹だと偽る花魁顔鳥《おいらんかおどり》、ほかに花柳界の女性三人である。

構成は小町田とその義妹《いもうと》田の次《たじ》の純愛、それにまつわる守山の妹さがしとなっており、彼らを取り巻く学生達の日常生活も、興味深く描かれている。

さて、「当世書生気質」が世に出るや、さっそくモデル問題が騒がれた。それは著者が、大学時代の友人をモデルにしたという風説であった。逍遙はこれを一応否定してはいるが、この作を「同学のカリカチュア（戯画）である」とは認め、「実在人物の外面的特徴を、三人分集めて一人にしたり、二人分を一人にまとめたりした」とも答えている。また小町田を高田（後の早大総長）とみる風説には、逍遙は、「事件も虚構だし性格も似ていない」と否定してはいるものの、けっきょく逍遙およびその身辺を知る者の間では、「彼（逍遙）の周囲には、高田と作者自身を除いて、小町田のモデルとなる人は皆無である。」との意見が強い。ついで任那《にんな》は山田一郎だといわれた。というのは、山田は広島県人で、山陽気取りともいわれる気取り屋であり、かつおしゃべりで健筆家、それに滑稽味の勝った一種の天才でもあったから。おもしろいのは桐山という人物で、世間ではそのモデルを、頭の禿《は》げぐあいから三宅雪嶺（思想家・文筆家）と思ったらしいが、実は法科の学生で（残念ながらその氏名ははっきりしない）、彼はわずか三十分の外出時間に、池の端までかけていって凧《たこ》を揚げ、すぐまた駈けもどったという奇人でもあった。その他須河は秀でた学才の赤井雄であり、守山は岡山兼吉と関直彦を一つにしたものとなっている。こうみてくると、確かに逍遙もいっているように、作中の各人物は、それぞれ現実の人間の合成的要素が強く、同時に、小町田の停学処分と逍遙の落第、在学中から東光館の教授をしている守山と在学中から進文学舎で教えていた逍遙など比較対照してゆけば、実は逍遙一人の経験が、複数の人間の中にそれぞれ投影されていることがわかるのである。

あらすじ

ある年の春、都内の有名な私塾（大学）の運動会が飛鳥《あすか》山で開かれた。この時学生小町田は、事情あって芸妓をしている義妹田の次（彼女もちょうど運動会をみにきていた）とめぐり会う。田の次は維新の戦乱に父母を失った孤児で、小町田家に引き取られ養女として育てられていたが、小町田の家が零落すると、恩を返そうと、自ら進んで花柳界に身を沈めたのだった。小町田は久しぶりに逢った、田の次の美しく成長した姿に心をひかれ、田の次もまた、秀才の誉れ高い小町田に思慕の情を抱き、二人の仲は当然恋の道へと発展した。ところが、田の次のなじみ客で彼女に横恋慕する吉住が、嫉妬から二人を裂こうと策略をめぐらし、小町田の学校の幹事をしている自分の兄に、小町田と田の次の恋愛を大げさに吹聴《ふいちょう》し、小町田を停学処分におとしいれてしまった。従来小町田は、謹言実直な秀才として知れ渡っているだけに、友人達は驚いて忠告する。一方、父からもきびしく叱られた小町田は、ついに停学処分の解かれるのを機に田の次と別れようとする。しかし田の次がいじらしく、なかなか思い切られない。田の次にも別れる意志はさらさらない。彼女はいつまでも時期を待つと堅い決心を小町田に打ち明ける。小町田の父の妾《めかけ》であったお常は田の次に同情し、恋する二人の仲をとりもつ。また小町田の友人守山・倉瀬なども、将来二人が結ばれるよう画策する。こうしたストーリーの進行展開中、小町田と同窓の書生達の日常生活が挿入され、寄宿舎・牛肉屋《すきやき》・矢場・寄席《よせ》・温泉・遊里等をバックにした、いうなれば彼らの世態がユーモラスに描かれる。

小町田と田の次の恋愛が大分進んだころ、守山の妹さがしの一件が始まる。守山の母と妹は、上野の戦争の混乱で行方不明になっている。ところが守山の羽織の紋を見た吉原の花魁顔鳥《おいらんかおどり》は、証拠の品を揃えて、守山の妹だと名乗り出た。しかし彼女の背後には、その母お秀のお家騒動的陰謀がひそんでおり、やがて証人の出現でその陰謀が露見し、田の次こそ守山の妹であることが判明する。かくしてめでたく守山兄妹は対面し、田の次は芸妓をやめて本名のお芳にかえり物語が終わる。

小説神髄の具現化

逍遙は『書生気質』の「はしがき」において、

「予晩近《ちかごろ》『小説神髄』という書《ふみ》を著して大風呂敷をひろげぬ。今本篇《このほん》を綴るにあたりて、理論の半分も実際にはほとほと行い得ざるからに、江湖《せけん》に対して我ながらお恥しき次第になん。」

と述べ、この小説に「小説神髄」の実験を試みたこと、しかしその実際化は不十分であったことを率直に恥じている。

右の「はしがき」にもあるように、「当世書生気質」の存在の意義は、何よりも「小説神髄」という小説理論の具体化であった。しかも、その理論実行の主目的は、「人情世態の模擬」にある。特に「小説の主眼は先ず人情にある」とする彼は、「人情の模擬」すなわち写実的な性格・心理の描写で、当時の学生心理を描こうとしたのである。「当世書生気質」という題名の意味するものも、最初は生きた学生達の様々な心理や性格の機微をリアルに描き、その妙神に入って、読者を「一読三歎」させようという狙いであった。しかし、元来江戸文学の趣味が体質化し感覚化している逍遙の場合、西欧的な写実というよりは、むしろ江戸の浮世草紙「世間息子気質」にちなんだ「当世書生気質」という題名の示すように、江戸文学の描き出す「気質」、すなわち生活環境(地位・職業)からくる類型化した特徴や性格、の範囲をあまり出ないものになってしまった。したがって、身近な所にモデルを求め、十人十色の性格心理を書き分けようと、写実的描写を試みはしたもののあまり成功せず、主として(性癖)の特徴描写のみにとどまり、近代的描写といえば、勝気で積極的な田の次と、聡明で逡巡しがちな小町田の苦悩に、わずかに示されている程度である。むろん当初のつもりでは「八犬伝」や「水滸伝」式英雄・奇人を作らず、多分に欠点のある、平凡な明治の人間をありのままに描くという、リアリズムの意向を示すはずであったにもかかわらず、豪傑・滑稽人など、奇癖のある人物がかえって多く登場して、戯作的に興味本位な滑稽本の状相をも示す結果となってしまったというわけである。

また「小説神髄」では、主人公の設置を重要視しているが、この小説には、あえて主人公は置かれていない。置かれていないが、小町田と田の次の二人が、ストーリーの進行上、主人公的役割を果たしている、ともいえる。作者の意向も、学生達の描写というより、小町田と田の次の恋という人情本的趣味と、守山の妹さがしの草双紙的興味に移っていった。特に重点は後者の妹さがしにおかれ、恋物語の結着は暗示的に示されたままで終結、スリルとサスペンスに富んだ推理小説的な傾向、たとえば妹さがしにまつわる陰謀、子供のとり違え、遊女・芸妓の身分の謎、証拠品の品定め、因果応報的な兄妹対面への経路など、江戸文芸おきまりの設定がそっくり登場して、いつのまにやら、当初の目的であった書生達の描写が影を薄めてしまう結果となった。逍遙もこのことを残念に思ったとみえ、その後記に次のようなことを述べている。①始めは物語を、明治十八・九年まで及ぼして、十分に情態の細微を穿《うが》って、兼ねては変遷をも示そうとした事。②紙数の都合で作者の本意が綴れず、兄妹の再会が中心になって、「書生気質」の表題にそむいた形になったのは遺憾に思う事。③最も残念な事は、作者本来の目的である書生の習癖や行為の変遷が書けなかった事。④他日「続書生気質を書く予定であり、小町田・守山・任那《にんな》・倉瀬・お常・田の次・吉住・顔鳥《かおどり》等の後日談をも著し、別に物語の主体となる新人物（書生）を登場させる予定である、」と。だが、けっきょくこの続編は執筆されずに終わった。

「人情の模擬」という心理的な面では必ずしも成功しなかった逍遙も、「世態の模擬」すなわち世状・風俗の描写では、それが全体にゆきとどいて、この小説に風俗小説的な趣きを添えた。新・旧の混合した明治の東京を舞台にして、大学を中心に寄宿舎・寄席・吉原（友人に聞いて想像して描いたという）・矢場、当時まだ目新しかった牛肉店《すきやき》など、当時の学生などをとりまく環境や風俗の描写がそれである。また世相については、架空癖《アイデアリズム》論、書生の政談、立身出世主義、撃剣の流行、学生アルバイト、学生仲間の気楽な交際など、外国語まじりの書生言葉を交え、文明批評も挿入してユーモラスにまとめている。新建国時代のこととて、学生の政治熱高く、この小説にも政界の消息がかなり取り入れられているが、政治小説とまではいい難い。また、たびたび登場する架空癖《アイデアリズム》論は、明治社会全般にわたる現実軽視に走りやすい風潮、西洋崇拝熱などへの批判であり、学生達のロマンチックな恋愛至上主義や、西洋思想の無理な応用など、実現不可能な空想を批判したものである。それら勧善懲悪主義の排斥についても、「この書から模範となるべき人物を求めてはならない。『他《ひと》の行見て我風なおす』ことは読者の判断次第である。」として、客観的態度で書生達の行状を写し、その生活を賛美するよりは、むしろ滑稽本的風刺で欠点をあばき、読者が正邪を分別して高尚の気を養ってもらいたい、と述べている。これは勧善懲悪主義を表題にしないまでも、第二義的にそれを示していることになる。なお所々に示されている彼の批判論の中にも、学生の品位論・人生論・性格論・性欲論など、常識的見解が述べられ、倫理的ムードが漂《ただよ》っている。

文体

文体については、逍遥はのちに、

「何分にも先入の化政（文化文政）度文脈が幅《はば》っていて、元禄口調を取入れる余地がなく、自覚が加わるにつれて我れながら気障《きざ》な文体だいやだと思いながら、どうしても蟬脱《せんだつ》（抜け出ること）が出来ず、あれから後《のち》何年も、十何年の後までもひどく苦しんだ。小説の筆を抛《なげう》ったのは、二葉亭の新作に驚かされて、深く前非を自識したからでもあったが、一つは、到底《とうてい》、こんな堪《たま》らない様式では、何を書いても物にならぬと煩悶したからであった。」

といって、その嫌悪し苦しんだことを述懐しているがどうであろう。それは木村毅氏の

『『書生気質』の古さは地の文にある。そして新らしさは、つまりその写実味は、多くその会話の中にある。全く会話は生き生きとしていて、吾々の学生時代とたいして変らない所さえある。」と評するとおり、「小説神髄」に提唱した雅俗折衷の戯作文体(七・五調)を地の文とし、会話は口語体を用いている。

「さまざまに移れば変る浮世かな。幕府さかえし時勢《ころおい》には。武士のみ時に大江戸の。都もいつか東京と。名もあらたまの年毎に。開けゆく世の余沢《かげ》なれや。貴賤上下の差別《けじめ》もなく。才《さえ》あるものは用いられ。名を挙げ身さえたちまちに。黒塗《くろぬり》馬車にのり売りの。息子も髭《ひげ》を貯《たくわ》えれば。何の小路といかめしき。名前ながらに大通路《どおり》を。走る公家衆《くげしゅ》の車夫あり。栄枯盛衰いろいろに。定めなき世も知恵あれば。どうか生活《くらし》はたつか弓。春めくあれば霜枯れの。不景気に泣く商人《あきびと》あり。十人集《よ》れば十色なる。心づくしや陸奥人《みちのくびと》も。欲あればこそ都路《みやこじ》へ。栄利もとめて集《つど》ひ来る。富も才智も輻湊《ふくそう》の。大都会とて四方より。入《い》りこむ人もさまざまなる。中にもわけて数多きは。人力車夫と学生なり。おのおの其数六萬とは。七年以前の推測計算《おしあてかんじょう》方。今はそれにも越えたるべし。」

これは本文冒頭の一節である。すでに一読してわかるように、まず七・五調の韻律が全体にわたっている。次に掛詞《かけことば》（時に大江戸の大は会うと、名もあらたまのは改まってと、身さへたちまちにのたちは立つと忽ちと、のり売りは乗りと糊、たつか弓は立つかと手束、春は張ると、心づくしは筑紫と掛詞）も多く使用し、枕詞（あらたまのは年にかかる枕詞）、対照語（春と霜）、縁語・序詞をも用いている。特に掛詞を豊富にするために、部分的には「のり売りの」とか「たつか弓」などやや無理な技巧と見られるが、全体としては、巧みな修辞法によって口調のよい文章となり、戯文体のおもしろい味を生かした。しかし写実主義の観点からいえば、この技巧はかえって仇《あだ》となったのは当然である。

一方、会話の部分では、日常会話を忠実に描写した。

『当世書生気質』の表紙

守山「ヤ何だ、もうゆふめし（晩餐）か。…オイオイ。お客さまの分も持ってくるんだ。実に気のきかない奴だ。」トつぶやきながら小町田に向ひ、守山「どうも実に君の履歴は稗史《はいし》小説にありさうなはなしだネ。ちったあおまけがあるだらう」トいはれて小町田は打笑みながら、呑《のみ》かけたる茶をのみほしつつ、小町田「なァにフィクション（作り事）はすこしもなしサ。いやに長いから定めて君は退屈をしたらうけれど、もうすこしだ聞いてくれたまへ。これからが僕のコンフェッション(懺悔《ざんげ》)サ。実はいひかねる次第だけれど、いひかねるのは矢張ウイークネッス(未練)だと思ふから、思ひきって君にはなして将来の潔白を表白する。僕のプレッジュ(質物)にしようと思ふが。」守山「ライト(詢可《まこと》)それでこそ君だ。」小町田「そんなにおだてちゃアいやだ。」守山「なんのおだてるもんか。ほんたうにさうじゃないか。だが待ちたまへョ。今にサッパー(晩餐)が来るから、飯を喰ってから聞かうぢゃないか。オイオイ飯をはやく。…ヤァ何だ今日の菜《さい》は。ハハア、茄子《なす》の鴫《しぎ》焼か。下宿屋先生いやに酒落《しゃれ》たナ。小町田、君はこれを喰ふか。」小町田「僕は大すきサ。」守山「我輩もすきだテ。比菜《このさい》なれば飯が余計《よけい》喰へるヨ。いつもなら、二ぜんか三ぜんだが、今日はアット・リイスト(すくなくとも)四ぜんか。」

これは小町田が、その友人守山の下宿で夕食を共にする場面だが、こうして英語やドイツ語まじりの学生語を挿入し、「末は博士か大臣か」と歌にまで歌われた当時のエリート、かつ新興知識階級である大学生の状態をリアルに描き、時代感覚を鋭く反映して新鮮味を与え、いわゆる文壇に新風を送ったのである。インテリの登場、これは小説史上における一つの業績であった。

反響

「書生気質」が出版されるや、世間の歓迎ぶりは予想以上であった。特に今までは、小説家(戯作家)は、社会的地位の低い業とされていたために、今度は大学出の文学士が書いた、ということで、たちまちベストセラーにランクされた。そしてその反響もはなばなしく、毀誉褒貶《きよほうへん》・賛否両論、多くの批評が集中した。近代小説の概念が確立していない時代のこと、中にはきわめて馬鹿らしい批評さえあった。しかしそれら批評のうち、最も公正かつ文学的見解を示したのは、西洋的批評文学の観点にたつ高田半峰の評論だった。それはこの種の評論のさきがけとして、明治文学史研究家にも重要視されている。高田はまず東洋的批評と西洋的批評の比較を説明し、東洋文学の衰退の原因は、批評文学の不振によることと指摘して、「明治文学の進歩のため、親友春の舎の『当世書生気質』を第一に批評する、」と弁明してから本質論に入る。彼はまず小説を、社会道徳の誘掖《ゆうえき》（補佐）を目的とする標準小説と、社会情態を写しもしくはこれを嘲誡《ちょうかい》する社会小説に区別し、「日本の読者は専《もっぱ》ら標準小説の旨《うま》味（勧懲の具体的表示）を知って社会小説の滋味（効用）を知らぬ」と戒め、「当世書生気質」を社会小説として理解するように、という啓蒙的見解を述べた。そしてこの小説の欠点も人物にあり、と次のように指摘した。

『当世書生気質』の第一の瑕瑾《かきん》は人物にあり…佐《さ》カレエ、李《り》ットン奇人を出せりと雖《いえど》も、篇中の人物悉《ことごと》く奇《き》と凡とを免るゝ能《あた》はざらしめたること無く、其奇人の如きも奇癖の他に数多《あまた》微妙の気質を備え、おぼろ逍遙大人の奇人の如く、若《も》し其奇癖を除く時は、木偶《でく》一般となることとあらざるなり。人物ー奇癖＝木偶といふが如きことはあらざるなり。居士《こじ》また更に思を凝《こ》らして、西洋小説の人物とを比較するに、啻《ただ》に西洋小説の人物は厖密《ぼうみつ》にして、東洋小説の人物は一々作者の口上に依りて、其如何なる性質やを現はし、西洋小説の人物は自己の挙動に由りて其性質を示す差のあることを発見したり。」

と。まこと高田の西洋小説に対する、優れた理解の一端がうかがえる。

近代小説を目ざして書かれた「当世書生気質」は、全体として戯作的傾向から脱却できず、「小説神髄」

の実践としても不徹底に終わってしまったが、当時の読書階級であった多くの大学生の心をつかみ、日本文学の未来を担《にな》う文学青年達に強い印象を与えた。その最たる者が二葉亭四迷、斎藤緑雨、嵯峨の屋おむろ、であって、彼らは逍遙の門を訪れては、特にその影響を受けたようである。

最後にこの作品の価値について、本間久雄氏の評を挙げる。

①小説神髄の具体化として意義がある。②作品構造上、「大団円《デヌーマン》」がない（一部分にしか結着がない）。③その時代の代弁者である。④風俗史的興味が豊かである。⑤小説家の位置を高めた（すなわち大学出のようなインテリ層も、小説を書くに至った）。

細君

成立と背景

逍遙がおもだった小説を書いたのは、明治十八年から二十二年までの約五年間である。その間に、彼の創作態度は明治二十年を境として、後半に大きくその展開を見せた。すなわち前半は得意気と称される期間であって、まず意の赴《おもむ》くまま、自由自在に筆をふるった処女作、「当世書生気質」によって一躍文壇にデビューし、ひき続きその波に乗って、『妹と背かがみ』『内地雑居未来夢《ないちざっきょみらいのゆめ》』『京わらんべ』を発表、一路創作に邁進《まいしん》した時代であった。そして明治二十年以後は二葉亭との交友を機に、彼のうちに悶々《もんもん》とくすぶり続けていた自己の文学・生活への懐疑反省がいよいよ深まり、同時に苦悩の色もますます濃くなっていった時代であった。自らはこの期を胎生期と称しているが、一般の評者の間では、懐疑苦悩反省期といわれている。この胎生期つまり小説創作時代の後半を代表するのが、短編小説『細君』なのである。

起筆は明治二十一年十一月初旬、脱稿は同年十二月二十四日であるが、確かに苦悶反省期といわれるとおり、気楽に筆を運んでいたあの「当世書生気質」のはやさにくらべ、今度の「細君」は、今までの創作態度を厳しく反省し、文章表現にも苦しみつつ、それこそと切れと切れに、長時間かかってやっと仕上げた作品であった。当時の心境について、後年逍遙は、「回憶漫談」に次のように告白している。

「…所謂《いわゆる》胎生期は、私に取っては余り憶い出したくもない不愉快な時代だ。落第によって、漸く先ず真面目に成りかけ、二葉亭との交際によって自己反省を促され、更に一層真面目になったにつれ、わが過去の生活の、無自覚や不見識や軽薄な虚栄や自惚《うぬぼれ》が堪《たま》らなくいやになり、悉く《ことごと》筆を執る気がなくなったが、生活上全く絶筆するわけにもゆかず、ただ独り心の中で煩悶《はんもん》していた……」と。

しかもこの煩悶こそ、「細君」執筆のころ絶頂に達していたのである。

発表は明治二十二年一月、雑誌「国民之友」第三十七号の新年号付録に掲載されたが、同号には、山田美妙の『胡蝶《こちょう》』があでやかな裸《はだか》胡蝶の挿絵と共に登場し、世間に一大センセーションをまきおこしたため、あるいはその陰にかくれてしまって、「細君」は逍遙ならびにその関係者の予想したほど反響をよびおこさず、批評家からも、さしたる注目をされなかった。これにはさすがの逍遙も落胆せざるをえなかった。彼はひたすら、自分の力・修養不足を反省し、今後は売品としての小説を断念、初心にかえって自分の道を再考慮し、そしてきっぱり再出発しようと考えた。こうした事情を背景に持つ「細君」だけに、さすが数多い逍遙の作品の中でも、ひときわ光る好作品となっている。

あらすじ　主人公となる「細君」は、当時の特権階級であった官吏、下河辺定夫の夫人お種である。お種は、以前は相当な地位にあった退職官吏の娘であり、師範学校出身で、当時のインテリ婦人である。しかし一方では、家政の才に乏しくかつ負け惜しみの強い、愛嬌《あいきょう》に乏しい女性でもあった。お種は下河辺定夫がまだ書生上《あが》りであったころ結婚した。定夫は結婚の翌年より洋行し、その間に著書が出版されて評判をとった。そして現在では「新帰朝の才子」「学者」「日の出の官吏」「評判よき著述家」などとはやされ、妻お種も、栄誉ある夫を持った幸福な奥様と世間から思われている。だが定夫は、ヨーロッパ仕込みの外見や、デモクラティックな世評とは裏腹に、その中身は全く旧時代的で、封建時代の悪習に染まり、横暴でエゴイスティックな夫でしかなかった。彼は交際に託して遊蕩にふけり、そのうえ外国からは白人の妾《めかけ》をつれ帰り、妻にかくして囲っているため出費が嵩《かさ》み、加えて外出好きの姑《しゅうと》、遠縁にあたる病弱な娘も同居して、下河辺家の経済は火の車、常に借財が多かった。一方お種の実家も今では落ちぶれてしまっていて、下河辺家から月々の援助を受け、その上お種の母(継母)は、自分の実子である放蕩息子のためにたびたび金の無心にお種のもとを訪れるといった有り様だったから、お種の苦労心労は並みたいていのことではなかった。

この下河辺の邸《やしき》に、お園という十四歳の娘が小間使として雇い入れられた。彼女は十二のとき孤児となり、伯母の手で下宿屋に奉公に出され、そこでさんざんこき使われていたが、給金はすべて伯母にまき上げられているといった哀れな境遇であった。しかしさすがの伯母も、下宿屋でのあまりに苛酷なお園の労働を見かねて、お園の奉公先を変えさせた。この新しい主家は、以前とくらべ大変安楽な勤め先なので、お園は伯母の思いやりを喜び、主家の人々にも好意を抱いた。だが、やがて月日がたつにつれ、お園は下河辺家の内情を知るようになり、奥様お種の苦労を察して同情するのであった。

暮れのある日、お種の実家からまたもや継母が金の無心にやって来た。お種もない袖《そで》はふれず、やっとの思いでことわるが、娘の苦労を察しない継母は、義理の仲ゆえの不人情としか受けとらない。夫の横暴、苦しい経済、実家との問題など、身にふりかかる重圧に耐えかねたお種は、離縁を決意し相談のため実家を訪れる。実家では継母が不在、耳の遠い父は、お種が何を言っても通ぜず一人がてん、「有望な婿よ。幸福な娘よ」と喜んでいるばかり。お種はその決意をも切り出せない、折りから帰宅した継母に離縁の決心を打ち明けると、またもや継母はなさぬ仲ゆえのつらあてと邪推して、お種に説教をするばかりである。そこで逍遙のいう「お種の決意の底にあった洋学の思想も儒学には負け、」彼女は離縁も父のために我慢しようと心にきめ、うちしおれて夫の邸へもどるのだった。

そこでお種は実家への金の苦面を思案するが、質屋通いの方法も知らぬ彼女、いろいろと途方にくれ、お園に打ち明けて質屋へ使いに出す。お園は主家の名を秘すため、ちょうど質屋に居合わせた伯母の知人の松五郎に頼んで、伯母の通帳《かよいちょう》を借り、金の調達に成功して帰途につくが、途中の暗がりで悪漢（実は松五郎）に金を奪われる。そこで事態が表沙汰になり仔細《しさい》が定夫に知れてしまう。定夫は烈火の如く激怒し、下河辺の名誉、外聞を辱《はずか》しめられたとお種を責める。小間使のお園は定夫の怒りを見、また錯乱して泣きくずれるお種を見て、自《みずか》らの責任を痛感し、ついに絶望して井戸に身を投げた。

ほどなくお種は離縁となり、白人の妾《めかけ》が妻の座についた。

モデル問題と作者の姿勢・文体

もともとこのストーリーは、逍遙が親友の土子金四郎から、「有夫のやもめ」という哀れな物語を聞き、それをヒントに書いたものであった。しかし当時この下河辺家の状態に似た家庭が、知識階級や官吏の中にしばしば存在したので、官吏某氏や、旧友某氏を該当者とみたてた流言も飛び、友人某氏から苦情がでたり、モデル詮議《せんぎ》が巷間を賑わした。

また当時は、この作品のような純然たる家庭悲劇は珍しく、作者の態度も真剣かつ対象の真実性に迫るものがあり、気迫に満ちた逍遙の心意気を示している。特にお種、お園には、哀れな女性に対する作者の同情がじゅうぶんうかがわれる。ただ惜しいことには、まだ登場人物の主体性に乏しく、わずかに女中のお園の可憐な娘らしさが印象的である。

また背後の旧態然とした社会の上に、浮草のように根のない新思想が浮かんでいる過渡期特有の矛盾した世相をよくとらえ、個人の中にある新旧思想の対立や相克を追究し、これを風刺的に表現している。たとえばお種は新時代的理想を持ってはいるが現実に縛られて実践できない。定夫は口先だけの欧化主義者・立身出世主義のエゴイストで、旧悪的風習の実践者である。以前の逍遙なら、どこかに勧善懲悪的においを出したであろうが、ここではリアリズムが主要視され、勧懲主義からの脱皮がみられ、短編小説としての構成も、知的・近代的・技巧的に整ったものとなっている。

「引窓を引いて後は、昏《くら》さ四方より掩《おほ》ひかかり、ランプの影は台所の天井に月の形を写したり。秋の日はとッぷり暮れて柱に掛かる時計の音耳につく程鳴ひびく。けふもあるじはまだ役所より帰り来まさず、離れ座敷の女隠居と縁者《みより》と聞きし十七八の娘は近い所の寄席《よせ》へ行き、頰《ほゝ》の赤い女中も買物をととのへに外へ出でぬ。奥も台所も寂《ひつそり》として、わけて新参ものの手持なさ、お園はひとりツクネンと女中部屋に物思ひ。この時づかづかと出で来るは此邸《このやしき》にゐる書生なるべし、……以下略、」

「細君」冒頭の一節である。ひたすら直接の観察につとめ、工夫に工夫を重ねた新表現である。そこには写生文として、馬琴調を脱した新様式への努力がみられ、概して彼の写実表現・内的真実性の進展も如実に示され、彼の創作発展史上画期的な存在として、「当世書生気質」と並び称されている。また明治小説史上、「端物《はもの》」という写実的短編小説のスタイル形成にも貢献した。もしこの小説の真価が、当時、高く評価されていたならば、逍遙のことである、勇気百倍、のちのち多くの傑作が続出したかも知れないと惜しまれる。

「桐一葉」

成立まで

逍遙は、明治二十六年十月から翌年四月にかけて、革新的意図による史劇論『我が国の史劇』を発表、その実施としてまず『桐一葉』を、つづいて『牧の方』『二葉くすのき』『沓手鳥《ほととぎす》孤《こ》城落月《じょうのらくげつ》』と、一群の作品を発表した。中でも「桐一葉」は、これら新史劇のトップを飾るにふさわしい意欲的革新作であり、その構成の大きさといい、絢爛《けんらん》たる用語の豊富さといい、まさに最大の力作である。

そもそも逍遙が歴史物に興味を抱いたのは、彼がまだ一つ橋の東京大学在学中、明治十三四年のころだというから、その歴史は古い。当時、馬琴の崇拝者だった逍遙は、馬琴にならって、自分でも真田幸村の落胤《らくいん》を主人公にした、いわば馬琴流の歴史小説を三、四章まで書いて中止したことがあり、これを契機として、豊臣氏の末路や片桐且元《かつもと》に対する同情・興味が胚胎《はいたい》したのである。そののち彼は、自らの「小説神髄」において、江戸の勧懲文学を排斥し、かわって近代写実主義を提唱、当然ながら馬琴の熱もだんだんにさめ上記歴史小説の案を放棄していた。ところが、やがて演劇改良運動に加わるようになり、同じ改良メンバーの、高田早苗、岡倉天心から脚本を懇請され、またしても真田や片桐の影像に思いを馳《は》せ、特に「片桐対淀君の案」が浮かびかけていた。だが一方には、かつて「入鹿誅戮《いるかちゅうりゃく》」を主題にした脚本を、中途で挫折した苦《にが》い経験もあり、どうも自分では積極的に筆を執る勇気がなかった。そこであるとき、きわめて芝居好きで、しきりに芝居を書きたがっていた鶴田沙石（本名長谷川喜一郎）に、腹案を語って執筆しないかと誘ってみた。むろん沙石氏は大乗気で、勇躍この仕事に取りかかったのだが、二年のちにはついにお手あげ、未完成の大部分がまだ筋同様である六幕を、逍遙の所へ持参して、執筆を辞退してしまった。しかたなく逍遙は、これに序幕三場と吉野山夢の場を書き足し、残部は徐《おもむ》ろに、沙石氏の原稿を利用して仕上げるつもりだったのが、構想の都合上、しだいにその原稿とは遠いものになってしまった。もともと他人の仕事を完成したものであるから、逍遙自身の主張を徹底させる事は困難で、彼としては、さんざん苦労をしたものの、心にそわぬできであったと述べている。発表は、最初、明治二十七年十一月から翌年九月まで「早稲田文学」に連載、このうち第三段目までが「鶴田沙石氏稿春の舎補」第四段目以下は「春の舎主人」著となっていた。そののち改めて、明治二十九年二月、春陽堂から単行本を出版、これは「春の舎主人」一人の著名であった。

あらすじ　関ケ原の戦い以後、豊臣方は衰退の一途をたどり、反対に徳川方の勢力は日ごとに増強していった。天下の大勢《たいせい》は徳川方に決していたにもかかわらず、ぬかりない徳川家康は、種々の難題を強請して、豊臣方を自滅させようと謀《はか》る。交渉にあたった豊臣家の忠実な執事《しつじ》片桐且元は、徳川方の真意を察知し、この難題を切り抜けるため、表向きには「淀君の関東下行」の一件をひきうけ、その裏面で策略をめぐらして事の実行を引き延ばし、主家の安泰を計ろうとしたのであった。且元はこの裏面工作が徳川方に洩《も》れるのを恐れ、独断で秘密のうちに事を運んでいた。

一方情勢不穏な折りから、大阪城内は統制が乱れ、互いに疑心暗鬼を生じている。反片桐派の大野道軒、その妻大蔵卿局《おおくらきょうのつぼね》、その子息で淀君と不義の仲にある大野修理亮治長《しゅりのすけはるなが》、正栄尼とその子息の渡辺内蔵介《くらのすけ》らは、且元を徳川方に内通するものと中傷し、道軒は且元を亡きものにして、城内の実権を握ろうと策動する。且元は、今は忠義のための極秘事項を直接主君秀頼の耳に入れることもできずに、空しく退身してゆくのだった。

第一段（浪花城奥殿）徳川方の不穏な動きによって、大阪城内には危機感が迫り、緊迫した空気に包まれている。片桐の娘で腰元の蜻蛉《かげろう》は、大野道軒らの暗躍を知り、ひたすら父の身を案じている。（奥庭茶室の坊）奸智に長《た》ける大野道軒は、短慮で一徹《いってつ》な石川伊豆守をそそのかし、片桐且元を殺そうとする。

第二段（吉野山桜狩りの場）秀吉の朝鮮征伐を祝って、吉野山で様々の趣向をこらした桜狩りが、賑《にぎ》やかに催される。淀君が秀吉に秀次の殺生《せっしょう》を非難して訴えると、たちまち場面が暗転して、ものすごい畜生塚の場面となり、怨霊《おんりょう》が飛び交《か》う中に秀次の亡霊があらわれて淀君の嫉妬を責め悩ませる。（奥殿）秀次の亡霊に夢を破られた淀君の所へ大蔵卿局と正栄尼が訪れ片桐且元を中傷し、かれに腹黒き「淀君人質」の策ありと密告する。

第三段（城内溜《たまり》の場）片桐且元は秀頼に召し出され、徳川との交渉を問いただされたが、大野道軒らが居合わせたので、秘密の策を主君の耳に入れることもできず答弁に窮し、渡辺内蔵介らの侮辱《ぶじょく》をも忍んで退出する。（黒書院評議）秀頼の御前で、大野道軒らが片桐且元を反逆者にでっちあげ、その処分を論じ合っている所へ木村重成がきて、片桐を反逆者とするには証拠が不十分であると、その処分を延期させる。（片桐邸）一方片桐且元は、わが家にて木村重成に秘密の策をあかし、お家の将来をなげく。ちょうど且元を打ちとろうと潜《ひそ》んでいた石川伊豆守はこれを聞き、自らの短慮を恥じて自刃しようとし、重成らにとめられる。

第四段（豊国神社大鳥居前）大蔵卿局は蜻蛉の孝心を利用して、木村重成あてに且元援護を依頼した文《ふみ》を書かせ、それを証拠に、木村重成を蜻蛉との不義者として陥《おとし》れようと計る。（豊国神社宝前）窮地に陥《おち》いった蜻蛉を、饗庭局《あえばのつぼね》が引きとって自室に押しこめる。

第五段（渡辺内蔵介邸）正栄尼の子息で精薄者である銀之丞は、蜻蛉に片思いをして、彼女と結婚できねば死ぬと母にうったえる。（饗庭局《あえばのつぼね》の部屋）一方正栄尼は、饗庭局の部屋に押し込められている蜻蛉に対し、「銀之丞の嫁になれば、淀君人質策をたくらんでいる反逆者とみなされ、淀君の勘気にふれている片桐且元が許されるよう、淀君にとりなすから、且元に登城せよ、と手紙をかけ。」と迫る。蜻蛉はしかたなく銀之丞との結婚を承諾する。饗庭局《あえばのつぼね》はこの一件を知ると、正栄尼の腹は蜻蛉《かげろう》を餌に片桐且元を城内におびき出し、大野一味の刃《やいば》にかけようという狙《ねら》いであると蜻蛉に忠告する。蜻蛉は進退きわまって自殺してしまう（奥殿）銀之丞も蜻蛉の後を追って自殺し、銀之丞の乳母《うば》お虎も入水自殺する。

第六段（片桐邸奥書院）城内より出仕の命が下り、片桐且元は登城の仕度《したく》をしたが、弟主膳の正から、出仕の命は大野らの陰謀であり、娘蜻蛉《かげろう》も自殺したと知らされ、登城を思いとどまる。石川伊豆守は、同志呼応して大野らを滅そうと且元に進言するが、かえって且元に、内乱を起こしては主家の滅亡を急がせるにひとしい、といさめられ、自らの短慮を恥じて切腹する。且元も居城茨木《いばらぎ》へ退《しりぞ》いて、後事を図ろうと意を決する。

第七段(長良堤訣別《ながらつつみのけつべつ》) 茨木へ退去の途中、片桐且元は長良堤に木村重成と落ちあい、彼に豊臣家の後事を託して、尽きぬ名残《なご》りを惜しむのであった。

桐一葉の世界と新史劇の意図するもの

逍遙は、自らの論「我が国の史劇」において、「性格を諸作業の主因たらしめよ」と主張しているが、「桐一葉」を書くにあたっては、資料の渉猟《しょうりょう》を重ねていくうちに、そのねらいがむしろ性格悲劇から境遇悲劇へと移行していった。つまり、彼はそれほど豊臣家のおかれた境遇に、いたく深く感銘したのである。彼は次のようにいっている。

「これの主題は、複雑な、不可抗の因縁によって、漸々《ぜんぜん》に招致された豊臣家の衰運及び亡滅といふ事である。随《したが》って、主人公らしき片桐も、其《その》実は斯《かか》る境遇の一犠牲たるに外ならざる者である。且元を自殺させないから悲劇にならぬといふ非難が、其《その》当時にも後にもあったが、それは単に歴史的事実が許容しないばかりでなく、初めから作者の主旨とする所でなかった。といふのは、私は、寧《むし》ろ死ぬことも生きることも出来ぬ境遇上の悲劇といふ点に興味を感じていたからである。だから私は、力の及ぶ限り其《その》周囲、其《その》背景、もしくは大阪城内の全体の空気とか、気分とか、調子といふものを如何《どう》かして出したいものと苦心した」と。

二葉亭との交友によって、自己の文学を反省し、小説の筆を絶った逍遙は、明治二十一年ごろより演劇改良運動に加わり、その後シェイクスピアや近松の研究に没頭していた。その結果、過去および現在の史劇作家を厳しく批判し、従来の夢《む》幻《げん》劇（ここでいう夢幻劇とは、たとえば近松の人形浄瑠璃劇およびその影響を受けた同傾向の作品をさしている。逍遙によれば、それらは全く空想よりなるもので、それに過去のある時、あるところ、ある人物を被《かぶ》せたものだという。また時代物の時代とは昔の意で、いわゆる江戸時代以前の歴史劇であり、主として武士が活躍する。元来近松の人形浄瑠璃とは、俳優の代わりに人形が登場するのであるから、およそ写実とは反対に象徴的で、当然その内容も、夢に包まれた過去の時代を扱い、超現実的な世界を描く。すなわち遠い昔の世界ゆえに、自由に想像の翼をのばして、人形劇特有の夢幻の世界を現出する。逍遙のいう空想である。そうした、全体に超現実的で、象徴的で、かつ荒唐無稽な劇それを逍遙は指摘するのである。ついでにいえば、近松には、時代物のほかに世話物というのがある。世話物は、いわば当時の現代もので主として町人が活躍する。時代物には国姓爺《こくせんや》合戦、出世景清《かげきよ》などがあり、世話物には曽根崎心中、冥土の飛脚などがある）や活歴劇（生きた歴史劇の意で、史実を尊重し、時代考証による写実的演出を重んじる戯曲）に反駁《はんばく》して、これらの戯曲に対する不満や批判、およびその未来像を理論化し、「我が国の史劇」（明治二十六年から二十七年四月）と銘うって発表した。その後逍遙は、「桐一葉」に対する高山樗牛の評に答えた論文「史劇についての疑ひ」（明治三十年十月）および「史劇に対する疑ひを再び『太陽』記者に質《ただ》す」（明治三十年十二月）などにおいて、史劇の本質を、

「史実を読みて、其の中に見えたる人物・事件の、詩人の想像にも優りて詩的なるに詩興を発し、其の興を本《もと》として案を構へ、詩としての適否に因《よ》りて材を淘汰《とうた》し、且つ自在に想像を加へ、取捨伸縮して一編の詩と成せるもの」

すなわち「史実より生まれたる空想」だといい、これこそ史劇として最も正当なものだと主張した。そして「我が国の史劇」論の具体作である「桐一葉」において、彼の新史劇の意図は次のように実施された。

①まず逍遙は従来の活歴劇が、貴族的で英雄本位、淑女本位な、高尚ぶった動く絵巻物、時代風俗のものいう活人画（適当の背景を用い、扮装した人間が、絵の中の人のように静止した場面を観客に見せるもの）のようなものであると攻撃し、その叙事的でヒューマニズムの乏しい点に反駁《はんばく》、代わりに、シェイクスピアと近松に胚胎した一種の新ロマンチシズムをもってこれに対抗した。彼は、平民的で無作法な、人情沢山、風情《ふぜい》沢山の丸本式草双紙式をもりたて、不易の人生味、つまり、いつの世にも変わらぬ人生味を描こうとし、あわせて一部には、淀君が夢の中で吉野山の桜狩りを見、それが一変して畜生塚に変わり、関白秀次の亡霊に悩まされる場面などによって全体に豊かな夢幻味を漂わせ、新鮮味を加えたのである。②新史劇の構成については、厳格で窮屈な西洋の審美論に則した演劇形式（挿話沢山や主人公の複数なことを排斥する形式）に背《そむ》くのを承知の上で、自由な歌舞伎の様式を採用した。というのは、彼の心中では、一つには歌舞伎様式を擁護したいという気持と、今一つには、

「幕ごとに主人公を異にするほどまで局面を雑多にし、波瀾又波瀾、挿話又挿話、それが終幕に至って総合的に収拾されてゆく歌舞伎の構成こそ、『桐一葉』のような境遇悲劇には最適である。」

と考えたからであった。③要するに逍遙は、古い歌舞伎の形式に、新しい内容としてシェイクスピアの作意を盛ろうとしたのである。すなわち、シェイクスピア劇は、作者の哲学や社会観を多分にもりこんだ文学性豊

かな芝居であり、その様式も歌舞伎に似ている。そこで彼は、シェイクスピアの、性格描写・因縁《いんねん》果報の理《ことわり》をほのめかす手心《てごころ》を理想として、なるべく歴史の裏を裏をと狙《ねら》って、舞台面もなるべく不行儀な、われを忘れた、気違いめいた、ごった返した、てんやわんやなのを主とし、詞《ことば》づかいもなるべく情を痛切に表するようなのを選び、情の激した瞬間には貴賤もなく賢愚もない、という点に重点をおき、国劇に欠けている「旨の一致」(一貫性のある筋の通ったおもしろみ)を通そうとした。

こうしてシェイクスピア劇を手本として書かれた「桐一葉」は、まずその境遇悲劇であること自体、シェイクスピアの循環史悲劇《サイコリックドラマ》と酷似しているといわれ、第一段の幕あきをはじめ、蜻蛉《かげろう》とオフィリア。狂った銀之丞の入水自殺とオフィリアの入水。淀君が茶坊主珍白を刺す事件と、ハムレットが王妃の室でポローニアスを刺す事件。片桐且元の真意を石川伊豆守が盗み聞きするくだりと、シーザー暗殺の談判のときブルタースの所に多くの同志がしのび込んで息を殺してなりゆきを待つくだり。秀次の亡霊とハムレットの父の亡霊など、数多くの類似点が指摘されている。

文体　手法は従来の歌舞伎のままを受けついで、大時代的である。したがって卜書はチョボ(浄瑠璃で歌われる部分)になっており、七・五調を主とした浄瑠璃の詞章、つまり韻律の調子の文章によって書かれ、上演の際には、俳優の演技に添って、いわゆる義太夫語りによって語られている。たとえば次に示す「長良堤訣別の場」はこの義太夫の詞章の中でも、とりわけ情景描写の優れた、美しい文章として知られる部分である。内容的には、大野の妨害によって主君に胸中を明かすこともできず、孤独な忠義を胸に秘め、空《むな》しく故太閤の恩ある大阪城を立ち退いてゆく片桐且元一行が、ものさびしい晩秋の、それも黎明《れいめい》の河原をゆく情景で、その孤愁と別離感、この世の無常、無情を、いかにも巧みに表現しているところである。

晨鶏《しんけい》再び鳴いて残月薄く、征馬しきりに嘶《いなな》いて行人《こうじん》出づ。はや分かれゆく横雲や、残《のこ》んの星を一つづつ、鐘が消しゆくいなのめの、長柄堤《づつみ》に秋たけて、一むら蘆《あし》に風黒《くろ》く、有明《ありあけ》すごき淀川水《みず》、逝《ゆ》きて帰らぬ浪の音、挾霧《さぎり》にむせび白けゆく、千草《ちぐさ》が蔭《かげ》の虫の声、哀《あわ》れはいとどまさるらん。

片桐市《いち》ノ正且元《かみかつもと》は、居城茨木へ立退かんと、従ふ郎党一百余人、寅《とら》の刻に邸《やしき》を立って、大阪城をあとになし、列を正してしづしづと、長柄堤にさしかかる。

長柄堤訣別の場、右且元（仁左衛門）左長門（羽左衛門）

…中略…川霧やうやう晴れゆけば、遠樹模糊《もこ》として幹を分かち、ほの見え渡る賤《しず》が屋に、一筋のぼる朝煙、くだかけの声勇ましく、生気あふるる東《ひんがし》の、空には似ぬや入るかたの、月すさまじき柳蔭《やなぎかげ》、枯葉《こよう》の枝まばらにして風飄々《ひょうひょう》、見る目も昏《くら》し遠方《おちかた》に、おぼろおぼろとあらはるる、名におう坂(大阪)の四衢《く》八街、悄然《しょうねん》としてさびしげに、一棟高く聳《そび》えしは、

「オオあれこそはお天守じゃなあ……」以下略

ついで台詞《せりふ》も同じく律文体（韻律文）を主調として書かれており、やはり長良堤訣別の場でみると、

片「……只々《ただただ》大切は上下の一致、必らず忠勤励まれよ。とはいいながら往時《いんじ》に照らし、成りゆく末をかんがみれば、」

木「淀の御《おん》方の御《おん》気質、社鼠《しやそ》にひとしき大野・渡辺」

片「上御《かみご》発明《はつめい》にわたらせらるれど」

木「讒佞《ざんねい》これを蔽《おお》ふが故」

片「地の利はあれども人の和なく」

木「故太閤が御威武《おんいぶ》に、をののき震い打ち伏せし、六十余州の民草も」

片「天の時じゃ大御所の、おのづからなる徳風に、いつしか靡《なび》く世のありさま」

木「如何なればかくまでに、御運かたぶく西天の」

片「ありあけの影うすれつつ」

木「東天紅《とうてんこう》と八面《はちめん》に、かしましく鳴くくだかけは」

片「新日東天《しんじつとうてん》に昇るといふ」

木「世の成行《なりゆき》の」

二人「影なるか」

と、呼吸もぴったりの掛け合いことばとなっている。しかもこの台詞《せりふ》が、舞台では歌舞伎特有の発声法によ

って朗々と語られ、陰の合方《あいかた》(三味線など鳴りものの音響効果) に調子を合わせ、抑揚(イントネーション)のついたことばとなってゆっくり流れてゆくのである。

反　響

「桐一葉」は、従来の活歴劇に対してかかれた革新的処女作品であったため、その発表は、当時の劇壇にとって一大衝撃《ショック》であり、批評は賛否両論入り乱れたものの、どちらかといえば風当たりの方が強かった。まずその一番手として、活歴劇の本尊ともいうべき依田学海が、理想主義・英雄主義の立場において、つづいて上田敏がギリシア悲劇の立場に重点をおいて、読売紙上にそれぞれ批判的評論を連載した。また森鷗外は「めざまし草」で、高山樗牛も「太陽」で、ともに泰西(西洋)美学の悲劇論の立場から、これまた多分に批判的矢を放った。これら批判の大方《おおかた》は、主人公片桐且元に悲劇的性格乏しく、かつその英雄的存在でもない点、あるいはこの悲劇にクライマックスのない点などいろいろあげているが、いずれも環境悲劇の真意を理解していないものが多かった。(このうち鷗外のそれは、且元に個性乏しく、登場人物それぞれ類型的ではあるが、やがてその価値は、たちまち重きをなすであろうとほめてもいる。)

しかし何といっても、「桐一葉」は、革新的啓蒙的意図によって書かれたということから、その内容もさることながら、その作品のはたした役割にも、力点をおいて考えるべきである。それについて、毒舌家内田魯庵は、

「坪内君が『桐一葉』を書いた時は、団十郎が羅馬《ローマ》法王で、桜痴居士が大宰相で、黙阿弥劇が憲法となって

いる大専制国であった。此の間に立って、論難攻撃したり新脚本を書いたりするのは、ルーテルが法王の御教書を焼くと同一の勇気を要する。――坪内君の劇に於ける功労は、何百年来封鎖して余人の近づくを許さなかったランド・オブ・シバイの関門を開いたのであって、『桐一葉』の価値を論ずるが如きは抑《そもそ》も末である。」

と、思い切った愉快な評を下している。

いずれにせよ、「桐一葉」によって、逍遙は封鎖的な歌舞伎に新しい時代劇の登竜門を開き、以後松居松葉・岡村紫紅・高安月郊・岡本綺堂らの後継者をも導いた。そして、今後彼らによって、かつての江戸歌舞伎にはみられなかった新しい理念のもとに、構成の確かな芝居が執筆され、ぞくぞく脚光を浴びていったのである。

新曲浦島

新舞踊劇の歩みと新楽劇論　明治二十七年、東京専門学校の運動会において、逍遙はその日の余興として、学生たちに劇「地震加藤」を演ぜしめたが、この折り彼は、今後新舞踊劇を創り、それを将来国民的な芸術運動にまで発展させようと心に決めた。そしてその手始めとして、家族に舞踊を習わせるに至ったのである。その後、新舞踊劇の研究はずっと続けられ、明治三十三年一月の「歌舞伎」創刊号に、「望ましきこと二つ三つ」と題する一文を寄せた。それには、

「歌舞伎でなく、新演劇でなく、能でなく、所作事でなく、狂言でなく、大阪ニワカでなく、さりとて西洋直輸入・直訳のオペラでもなく、パントマイムでもなき、明治ぶりの楽劇が欲しい。」

と述べ、さらに、

「わが歌舞伎は振事《ふりごと》本位の一種特別な楽劇である。これを醇《じゅん》化したならば、ともかくも世界に類のない物、随《したが》って世界の文化に一新要素を貢献するに足る物が出来よう。」

と、その意見を表明した。これは長年にわたる国の内外の種々の音楽や舞踊研究をもとに、国際的見地から、新舞踊劇の内容や抱負を示したものである(十九世紀後半から二十世紀にかけて、ヨーロッパでは、ワグナー、

ビゼー、ヴェルディ、ロッシーニ、プッチーニなどによる優《すぐ》れたオペラが続出し、オペラ活動は隆盛期にあった。その影響が日本にも及んで、田中正平は日本風オペラの創作を提唱し、高安月郊はオペラ風の創作を発表、上田敏はワグナーを紹介した。逍遙もまたワグナーなどの楽劇を研究していた。）この見解がやがて『新楽劇論』を発表、「新曲浦島」を試作させるに至ったのである。

「新楽劇論」は、国劇改良意見の一部を口述筆記したもので舞踊劇「新曲浦島」の完成後、しかもその出版にさきがけて明治三十七年十一月四日に発表された。「新楽劇論」の楽劇（ミュージックプレイ）とは舞踊劇のことであり、当時は舞踊劇ということばがまだ使用されていなかったのである。またこの論文はほんとうは「新楽劇本論」の緒論として書かれたものであるが、けっきょく本論なるものはついにまとめられず、かわりにそれに該当するいくつかの論文が発表される結果となった。

次いで『新楽劇論』の内容は、国劇刷新の必要、国劇刷新の方針、わが国劇の三大別、技芸上より見た歌舞伎の原因、国劇刷新の二途、能劇と歌舞伎と振事劇、わが国振事劇に遍在せる欠点、刷新の要旨、刷新案及び実施法の九項目からなりページ数こそ少ないが、画期的な対策が述べられている点、充実した論文として、日本舞踊史上最高のものともされている。

当時日本は、日清戦争に勝った後、勢いに乗じて大国ロシアと戦っていた最中である。日本の国際的な地位は上昇の一途をたどっていたし、国民の意気も高揚していた。日露戦争に勝てば、日本もいよいよ世界の烈強に加わるのである。しかし残念ながら、欧米の先進国に見られるような国劇（国を代表する民族舞踊劇・民族舞踊楽）が存在しない。そこで逍遙は、輝かしい日本の未来に備えて、かねてからその必要性を痛感していた民族芸能と、その構想をまとめ、「新楽劇論」として公表したのである。すなわち逍遙はいう。

「戦時中、劇の改良などと、はなはだ閑業に見えるだろうが、これはきたるべき大戦後の国家政策の上で重要な役割を果たすものである。日露戦争に勝てば、日本の国力はますます増強し、国際的地位は上昇する。人口も増加をたどり、それにつれて生存競争は激化してゆき貧富の差が開く。その結果、一方には怨嗟《えんさ》不平の声がおこり、種々の方面において、種々の恐るべき反動が起き、社会不安を生じるにちがいない。また対外的には、現に黄禍論《こうか》（ドイツのウイルヘルム二世の寓意語に端を発するもので、黄色人種が勃興《ぼっこう》して他人種殊に白人種に禍害を及ぼすという論）のような僻説《へきせつ》もあるし、我が国が隆盛に向かうにつれて、諸国は自己防衛の立ち場から日本を恐れまた嫉視《しっし》し、邪推、憶測が百出して、国際感情に影響を及ぼすかも知れない。そのような内外の情勢に臨んで、海外には日本文明の真価を発揮し、国内では国民各層の好尚を融和し感情をやわらげて、上層階級と下層階級の和をはかり、感化啓導して、社会保持（治安維持）の役割をも果たすべき新時代の民族芸能を創《つく》り出す必要がある。しかもこのような国際的理解に役だち、国民娯楽に適するものとしては、音楽・絵画・彫刻・詩歌・建築の五大芸術を総合した音楽劇がもっともふさわしい、それは日本の能楽・歌舞伎・振事（舞踊）劇のうち、振事劇をこそ基礎としたものである。」と。

さらにその構想について彼は、

「俗曲のうちで最も節《ふし》まはしに癖の少い長唄などを土台とし、その端手《はで》を陽気と爽快と流麗とに偏《かたよ》り流れて、沈重厳粛の雅調に乏しいのを補ふためには謡曲と一中節《いっちゅうぶし》を以てし、さて又、劇詩的脚色の参考用としては、其の方面に更に幾歩かを進めたる常盤津《ときわづ》、富本等を用ひ、尚《な》ほ、竹本、長唄等を、その長所々々を抜いて補助材となし、尚《な》ほその上に、剛健・活発・雄大・壮烈などといふ趣致を加ふる為には諸種の西洋楽劇を参酌し、而《しか》して振事本位に立脚して、どこ迄も国劇固有の特質を発揮し醇化することを努めるのが、国劇改良の真の方針であろう……」

と、わが国の伝統芸術の長所を総合し、それに新要素として、西洋楽劇の躍動的要素を適用したのである。

舞踊劇としての「新曲浦島」とその発表

『新曲浦島』は、伝説「浦島」に逍遙自身の主観を織り込んで変化をつけた、単純なストーリーであるが、構成は三幕十二景よりなる長いもので、舞踊劇としては、絢爛《けんらん》豪華、まさに前代未聞《みもん》ともいえる大規模な編成である。それは既成の各種音楽・演劇・舞踊の混合した集大成で、せりふ・声楽・器楽・舞踊より構成されている。このうちせりふは狂言ことばを主とし、歌舞伎調も取り入れた。声楽は、唄い物としての謡曲・長唄・追分《おいわけ》、さらに語り物としての一中《いっちゅう》・竹本・常盤津《ときわづ》・清元《きよもと》・大薩摩《おおざつま》も使い、器楽も歌舞伎関係のほか、雅楽・洋楽を自由に織りまぜた。

逍遙もその序において「この作品は単なる実験であり、楽壇で実演する為のものではない。」とことわっているとおり、あまりにも理想的すぎる、スケールの大きい、自由な創作脚本なので、いまもって全曲の作曲がなされていない。現在「新曲浦島」として演奏されているのは、序幕の前曲として海をうたった長唄のみである。しかしこの長唄は「紀文大尽」と並び、明治の新曲中最高の名曲としての誉《ほま》れが高い。

かくして、「新曲浦島」はその斬新さと雄大なスケールで世間を驚かせ、文章もまた、いかにも長唄・常盤津・清元にあった、うたいやすい、かつ人々の耳にすっとは入りやすい、流れるような美しさとなっている。なお逍遙は、ワグナーの脚本研究を、この作と並行して、その伝説や「タンホイザー」「ニーベルンゲン」の台本も翻訳しているから、「新曲浦島」を執筆中の彼の念頭には、常に大ワグナーの作品が対称におかれていたものと思われる。

明治三十五年に腹案がまとまり、明治三十七年四月末より細目《さいもく》を書き始め、推敲《すいこう》に推敲を重ねた、末十一月八日早大出版部より出版された。逍遙が「新曲浦島」の腹案をまとめた明治三十五年は、鷗外も『玉匣両浦《たまくしげふたりうら》島《しま》』を雑誌「歌舞伎」に発表した。鷗外のは「台詞《せりふ》を主とした演劇」で七五調を基《もと》として中古の雅語を用いたものだった。逍遙が伊原青々園からこれを聞いたのがこの年十一月、逍遙は題材の一致とタイミングを不思議に思ったが、といってそうした例は過去にも珍しくない。しかし何といっても鷗外は没理想論争の論敵である。ましてあのとき逍遙は、印象としては負けたような形で終わっている。「よし、今度はこれで勝負しよう。戯曲ならこっちのもの」とばかり、例は悪いが、「江戸の仇は長崎で」式の意気ごみを持って、ファイトを燃やしたであろうと想像できる。

あらすじ　「序之幕」　丹後澄《すみ》の江《え》の浦の秋の夕ぐれ。浜の漁師が三人集まって、家を出たまま七日間

舞踊劇・新曲浦島の舞台(左浦島と右乙姫)

も帰らぬ浦島の噂《うわさ》をしている。そこへ浦島の老父母が息子を案じながらあらわれて、もはや浦島のことはあきらめようと悲嘆にくれる。と、うつろな浦島がさまよい出て、

「幻影《まぼろし》は何処へ消えぬる。釣綸《つりいと》の、雫《しずく》の玉に髣髴《ほのめ》きし、霊《く》し幻影《まぼろし》を見ざりせば、斯《か》ばかりに世を厭《いと》わじを、あらうたてある現世《うつつよ》や。」

と、歎き悶《もだ》える。両親は浦島を引き留めようと必死になって説得するが、親子は相容《い》れず訣別する。老父は怒り老母は泣き伏し、浦島は自刃しようと刃物を手にする。そのとき、衣裳はややひなびているが、玉のように美しい一人の少女が忽然《こつぜん》と走ってきて、浦島の行為をひきとめる。この少女こそは、浦島が求めていた幻《まぼろし》の乙女《おとめ》なので、彼は夢かとばかりに喜ぶ。少女は自分は海神の女《むすめ》海津《わだつ》姫(乙姫《おとひめ》)なり、かつて亀の姿をして海辺を訪れ、漁夫の子らに捕《つか》まって危機に陥ったとき浦島に救われたと告げる。語り終わるやいなや、少女は輝くばかりの宝石で飾られた白衣姿に変化する。二人は相思相愛の間柄となり、手をとり合って海底の宮へと向かう。

「中之幕」　ここは海底の楽園竜宮城、浦島は乙姫と一心同体の悦楽の日々に、人の世をまったく忘れ、はや三年をすごした。ある月の美しい夜、八重の波間を漂ってくる海人《あま》の船歌を聞き、急に父母親族のこと

を思い出す。そして自分一人この歓楽を貪《むさぼ》るに忍びえず、一度人間界へ帰り、せめて父母を同伴してここへ戻りたい、と乙姫に打ち明ける。乙姫は道理を説《と》いてそれを引き留《とど》めようとし、舞班《まいなかま》大勢に舞わせて浦島を慰める。しかし浦島はかえって舞の中に父母の幻《まぼろし》影を見出し、われを忘れて走り出て殿上より転落する。浦島の望郷の心はつのるばかり、乙姫もしかたなく

「此の匣《くしげ》にこそ、我が影は籠《こも》りたれ。御情《おんこころ》渝《かわ》らずば、あはれ、此の匣《くしげ》をな開きたまひそ、ただ身に添へて持ちたまへ。ゆめゆめ開きたまふなよ。」

と玉手箱を渡して浦島を送り出す。

「詰之幕」　再び丹後の網野村の社《やしろ》の境内、桜花爛漫の下で、村人が集《つど》い戯《たわむ》れている。そこへ浦島が父母を尋ねてやってくる。村人達は浦島の風貌や言動をいぶかしく思い、狂人扱いをする。が、老女が出てきて、浦島の父母は、すでに三百年前に他界したと教える。竜宮の三年は現世の三百年であったことを知った浦島は、狼狽《ろうばい》し、亡き父母を偲《しの》んで悔恨の涙にくれ、ついに乱心して、乙姫を慕って歎き、玉匣《たまくしげ》を開けてしまう。すると玉匣の中から白煙がもうもうとたちのぼり、浦島は気絶する。倒れた浦島を助けるためにかけ寄ってきた浜詰の郎子《いらつこ》と間人《はしうど》の郎女《いらつめ》の若い男女は、白煙の中に神々《こうごう》しい乙姫の影像をみる。正気に返った浦島は、この若人に向かって自分の一生を反省し、未来の希望を託してうたう。

〃あら頼もしの青年《わこうど》やな。蓬萊《とこよ》の相《すがた》うつつ世に、見ん折も遠からじ。うれしさよ。〃

そして折からの日の出を仰ぎ、

〃離れず永久《とわ》に。永久に離れず射す日影。あはれ。あはれ。今こそ悟れ現世《うつしよ》を、忌《い》まで蓬萊《とこよ》に渇仰《あこが》るる、忌《い》まで蓬萊に渇仰《あこか》るる、私心《わたくしごころ》無き民ぞ、蓬萊移さん現世に。移さん蓬萊いつか此の世に。〃

と、三人は和洋折衷の陽旋律にのって連舞を舞う。

「新曲浦島」の世界

「新曲浦島」における逍遙の主張は、新しい時代のために、現実に適応した理想の実現を望むものである。それは当時の国家的風潮（現実の理想主義や西欧崇拝思想）への警告とも受けとられる。

「…今こそ悟れ現世《うつしよ》を、忌《い》まで蓬萊《とこよ》に渇仰《あこが》るる、忌まで蓬萊に渇仰るる、私心《わたくしごころ》無き民ぞ、蓬萊《とこよ》移さん現世に。移さん蓬萊いつか此の世に。」このラストシーンの歌詞はまさにそうした作者の気持を伝えるものだし、友人の市島春城に語った腹案にも、理想を求める浦島が、現実から逃れ、愛と平安の理想郷に到達する。だがやがて反省し、現実の理想化を志して再び帰ってくる。そして現実と理想とのギャップを認識し、理想はあくまで現実に立脚したものでなければならぬことを自覚するとある。

また「歌舞伎」誌上に掲載された逍遙著「浦島の寓意」は、当時の日本音楽の現状を諷《ふう》意したものであり、同時に現実に即した理想の実現を、新舞踊劇のなりたちの過程にあてはめたものだった。すなわち、浦島は空想的新謡曲を提唱する新上流階級好みの代表。その父は義太夫以上の高尚な趣味を持たない地方人的大衆好みの代表。母は主として常盤津を口にし、没落しつつある都会的(江戸)音楽趣味の代表。乙姫は長唄の精霊。船歌のみ歌う漁夫は下層社会全体の、音楽趣味好みの代表である。

新時代の民族芸術を求める浦島は、旧上流好みの謡曲や一中節を西洋のオペラに匹敵するものと信じ、下層大衆の好みを度外視して、新しい形の謡曲こそ理想的な民族音楽だと思い、その構想を練《ね》る。しかし、謡曲は大衆から遊離し、また古風すぎることに気付き、これにはなやかな清新な楽調を加え、新上流の新鮮な曲を作ろうと煩悶《はんもん》する。浦島は下層社会の好みを度外視しているから、下層等的嗜好の父母と激突し、そむいてしまう。また高尚いってんばりでこり固まっているから、素朴な感情を自然に歌った船歌をも、自己流の難解な解釈をつけて理解しようとせず、新音楽のモチーフとしては気付かない。かくして理想の新音楽のスタイルがえられず、浦島は絶望し自暴自棄に陥《おちい》る。だが彼は、ふと歴史の新しい長唄と謡曲の融合を思いつき、謡曲兼長唄こそ理想の新音楽だと喜ぶ。しかしけっきょくそれも束《つか》の間、それだけでは上品であっても、天真な自然なおもむきに乏しく、あまりにも人工的、古典的すぎて物足りない。このとき、人間の自然で真実な血の通った感情から生まれた、あの俗調の高さの必要を痛感し、それらロマンチシズムの要素を導入しようと、下流の大衆社会へとおもむいてゆく。だが大衆は、新しい教育の影響で、すでに欧化しているから、浦島の古典趣味を容易に受けつけない。彼はまたしてもこの厚い壁に突き当たって悩む。そこへ新時代の教育を受け、かつ旧俗曲をも受けついでいる若者があらわれて、浦島を扶《たす》けて新しい国民音楽へのみちを開く。という過程が述べられている。彼の主旨は大衆にも上流にも喜ばれ、その上情操を高め感化啓導する働きを持つ新時代の音楽をつくり出すことにあったのである。

美しい歌詞と文章

「新曲浦島」において、異口同音に絶賛を浴びたのが、その歌詞・文章の美しさであった。

（ウタヒ）　寄せ返る神代ながらの浪の音、塵《ちり》の世遠き調べかな
（大ザツマ）　それ渤海《ぼっかい》の東幾億万里に、際涯《そこい》も知らぬ壑《たに》あるを、名づけて帰墟《ききょ》というとかや。八紘九野《はっこうきゅうや》の水尽くし、空に溢《あ》ふるる天の河、流れの限り注げども、無増無限と唐土《もろこし》の、至人《ひじり》が寓言《たとえ》今ここに、見る目はるけき大海《わだ》の原。
（一中）　北を望めば渺々《びょうびょう》と、水や空なる沖つ波煙《けぶ》る碧《みどり》の蒼茫と霞むを見れば三つ五つ、溶けて消えゆく片帆影。
（長唄）　それかあらぬか帆影にあらぬ、沖の鷗のむらむらぱっと
（一中）　立つ水煙
（長唄）　寄せては返る
（一中）　浪がしら。その八重潮《やえじお》のをちかたや、実《げ》にも不老の神人《かみびと》の、棲むちょう三つの島根かも。
（長唄）　さて西岸《せいがん》は名にし負《お》う、夕日が浦に秋寂《さ》びて、磯辺に寄するとどろ波、岩に砕けて裂けて散る、水の行くへの悠々《ゆうゆう》と、旦《あした》に洗う高麗《こま》の岸、夕陽もそこに夜の殿《との》。
（清元）　錦繍《きんしゅう》の、帳《とばり》暮れゆく中空《なかぞら》に、誰《た》が釣り舟の玻璃《はり》のともしび白々《しらじら》と、裾の紫色あせて、又染めかはる空模様。

（常盤津）あれ、いつの間《ま》に一つ星、雲の真袖の綻《ほころび》見せて
斑《むら》曇り。変るは秋の空の癖《くせ》、しづ心なき風雲や。
コトバ「オーイ、かわせだぜえ。オヽサやめろよう」
蜑《あま》の小舟《おぶね》のとりどりに、帰りを急ぐ櫓拍子に
（オヒワケ）雨よ降れ降れ。風なら吹くな。家《うち》の親爺《おやじ》は舟乗《ふなの》りじや。

……略……

（オヒワケ）船頭かわいや音頭の瀬戸で、一丈五尺の櫓《ろ》が撓《しわ》る。

こうして前奏曲に歌われた長唄、大薩摩、一中節《ぶし》の類は、歌詞・曲ともに思わず人を引きこむような、妙《たえ》なる美しさである。美文家で知られた上田敏も、このりっぱな歌詞と、長唄から舟唄（オイワケ）への展開を「ぞっとするほどおもしろい。浦島（新曲浦島）を新舞踊劇の台本としてより、純然たる一つの詩として味わいたい。」とまで賞している。

逍遥の意図した世界的水準に達する国民芸術の育成は、国際間の文化交流やコミュニケーションの盛んな現在、いろいろの形で受け継がれ、世界に認められている。たとえジャンルは違っても、同じ日本文化の伝統の美を、その小説に生かした川端康成が、世界の芸術水準の範疇《はんちゅう》で高く評価され、ノーベル賞を受けたことを逍遥が聞けば、どんなに鼻を高くして喜んだであろう。

役《えん》の行《ぎょう》者《じゃ》

生成時の逍遙の心境　著述翻訳時代（大正三年ごろから昭和九年ごろまで）の代表的戯曲「役の行者」生成のいきさつについては、前編に記述したごとくである。逍遙はこの作の序文に、彼の人生における当時の心境、この作の占める位置を、次のように示している。

「明治十六年の夜明けがた以来、自分は随分あちこちとうろつき廻っていたが、それは、大抵、自分が辿《たど》るに適した路筋《みち》でなかったのみならず、行きたいと思っていた方角でもなかった。いわば境遇に駆られて、心ならずも放浪の旅を続けていたのである。人の為に、一時間に四ヵ所五ヵ所以上の所へ自転車で往来したこともあれば、前後三、四時間の間に、全く相反する遠い方角へ汽車旅行をしたこともある。つまり、唯の一度も、一意専念に、同一の目的地へと志したことはなかった。いや出来なかった。日がもう暮れかけた今となって、やっとの事で、心任せになる閑暇を得たが、ああ、もう大分雀色時《ひぐれどき》になっている！　これから出かけるとして、果してどこまで行かれるか？　併《しか》し、ともかくも、予定の方角へ出かけて見よう。ともかくも今踏み出すこの一歩は、自分の旅の追分《おいわけ》である。だから、この細短かい榜示杭《ぼうじくい》を、後《のち》の目じるしまでに、爰《ここ》に立てておこう。」

これはまた何とわびしい述懐であろう。明治十六年といえば、逍遙が大学を卒業した年であり、彼の文学活動社会活動の夜明けどきであった。以来彼は、「小説神髄」はじめ、もろもろの著作、「文芸協会」の事業など、数々の先駆的業績を残し、一時は中等学校の倫理教育にも専念した。しかし、それらの大方《おおかた》は、彼自身にとって「辿るに適した道」でなく「行きたいと思っていた方角」でもなかったというのである。われわれ第三者の目からすれば、逍遙のこれらのことばを、そのまま是《ぜ》とするわけにはゆかないが、当時の彼にしてみれば、文芸協会にからむいろいろな事件の後ではあり、ずいぶん疲れてもいたであろう。そして嵐の過ぎ去った平和な日々を迎え、落着いた心でもって、すでに書いておいた「役の行者」を推敲し、仕上げのふるいにかけていたときである。思えば彼の精魂も財産も、すべてをかけて打ち込んだ文芸協会が、ついにあのような悲惨さで解散してしまったのだ。教え子たちとのけんか別れ、その他これにまつわる人情のもつれもある。おそらくこのころの彼は、いくたびもの慙愧《ざんき》と無念と怒りの血涙《けつるい》を人知れず流したことであろう。またそうした心境のときだけに、今までの人生航路のほとんどが、何か大きな「まちがい」ででもあったかのように思われたのである。したがって「適した道でなかった」とか「行きたいと思っていた方角でもなかった」の意味する過去は、特に中等教育者の時代、文芸協会の時代、そして彼が旧悪全書と呼んでいる比較的まずい作品などを指していたのであろう。そして今、彼のいう日がもう暮れかけた五十九歳の今、ようやく彼本来の姿、劇作家・著述翻訳家としての姿にたち返り、自己の芸術達成へのみちを歩んでいく、というのである。したがってわれわれもまた、そうした著者の心根《こころね》、その情熱を汲んでこの作品をみたいものである。

発表と反響

この戯曲は、逍遙が「日本最古の伝説中もっとも神秘的な、又最も雄大なものの随一」とたたえている「役《えん》の小角《おづぬ》」(『役行者本記《えんのぎょうじゃほんぎ》』『続《しょく》日本紀』『日本霊異記《りょういき》』『扶桑略記《ふそうりゃくき》』『本朝神仙伝』『元亨釈書《げんきょうしゃくしょ》』などに書かれている三祖義元優婆塞《うばそく》の伝記)に彼自身の思想・心情を織り込んで、芸術的香りの高い作品へと仕上げたものである。しかも彼は、この戯曲に深い愛着を示し、徐々に改良を加えつつ、四種類もの作品を残している。すなわち、

一、「役の行者」(大正二年五月完成の初稿本。三幕三場から成る。未発表。)

二、「女魔神」(大正五年九月『新演芸』誌上に発表、翌年『役の行者』と改題して刊行される。前稿の改修作、三幕六場)

三、「行者と女魔神」(大正十一年八月、『新演芸』誌上に発表、前作をさらに改修したもの。四幕五場)

四、「神変《じんぺん》大菩薩伝」(『芸術殿』誌上に連載され昭和七年五月に完成、筋書を多少変更し、内容を叙事詩風に改め、物語式に書かれている。自作自画による全十巻からなる『新時代の絵巻物』)

この四つの作品のうち、はじめの三作には著しい違いはない。また上演用の脚本には(一)と(三)を採用し、それぞれ「役の行者」と題して上演した。

特筆すべきは、当時フランスに留学中の吉江喬松によって、フランス語訳された"L'Ermite"(隠者・仙人の意)の出現(大正九年フランス文学協会から出版)である。これは同じ経路で出版された「新曲浦島」とともに、日本芸術の紹介のため、国際的に名高いパリのグランドオペラ座か、シャンゼリゼ座あるいはシャトレ座で、日

本の俳優と音楽家によって上演したい、というフランス側の申し入れによって翻訳されたものだが、ついに上演の実現をみなかったのは残念である。しかし原作に忠実なこの翻訳によって、フランスにおいても高く評価されたことは、まことに有意義かつ名誉なことであった。フランスのジャーナリズムでは、まず「フィガロ」紙の文芸付録に、有名な詩人アンリ・ド・レニエが、「行者は即《すなわ》ち自然、言ひ換えれば外部世界を摂受《せつじゅ》折伏《せっぷく》して、最大の自我に到達し、宇宙の深奥意識を捉《とら》えんとする力を象徴している。この解脱《げだつ》、この征服は争闘なしではなされない。坪内氏の劇が表示するものはこの争闘である。読者は『レルミット』を読むにあたって、日本芸術家の驚歎に値《あた》いする想像が、人間・鬼神・怪異を配合する画帳をひもとく思いがあるであろう。『レルミット』の著者は観念の美・表現の力において偉大なる芸術家である。」と賛美し、また「デ・デバ」紙の月曜文芸欄では、評論家アンリ・ビドウが、「作中のモラルにはニーチェに関連したものがありはしないか、第一幕は人間性を、第二幕は怪異と人間との争闘を、第三幕は神仙力即ち人間力の偉大化されたものを、それぞれ現わしている。しかし、この作には象徴はない、特定の象徴はないと言える。何故《なぜ》なれば全体が象徴的だからである」(「坪内逍遙」河竹繁俊・柳田泉著記載)と意見を述べ、パリ大学の文学部長ブリュノオや教授のストロウスキイなどもその感想を寄せたという。

国内では河竹繁俊氏が、「『役の行者』は、明治、大正を通じての代表的戯曲であり文芸作品である。のみならず作者逍遙の内生活とは深い因縁《いんねん》を持ち、時代的特色を多分に持つ作品である。そうして、同一題材を四種の文芸作品にまで製作して飽きなかったことは、作者逍遙が、いかに旺盛な芸術欲に恵まれていたかを物語るものである。」と解説し、本間久雄氏も「役の行者」の初演にあたって一文を寄せ、「その構想の雄大である点で、その哲学味に富んでいる点で、その詩情の豊かである点で、その措辞《そじ》の瑰麗《かいれい》なる点で、明治大正の戯曲界を通じての最も大きな傑作であることに就いては、今改めて呶々《どど》するを要しない。」と絶賛している。

舞台での発表は、約十年後の大正十五年三月、翻訳劇ばかり手がけてきた築地小劇場における、初の邦人作品として上演された。演出は小山内薫、キャストは行者・青山杉作、広足《ひろたり》・汐見洋、一言主《ひとことぬし》・薄田《すすきだ》研二らで大好評を博し、劇場は大正十三年の創立以来はじめて黒字になったという。その後同じメンバーが帝劇で再演したのを皮切りに、今日まで数多く上演、放送され、その芸術的価値が高く評価されている。昭和四年には、宝塚の国民座が上京して、早稲田大隈講堂で「行者と女魔神」の脚本を用いて上演した。これには逍遙自ら総監督にあたり、すばらしい効果をあげたという。

あらすじ

第一幕 (山村路《やまむらみち》)大峯山の遠望と平和な山村風景、息子役《えん》の行者《ぎょうじゃ》を尋ねて、老母が山道を辿《たど》る。と、山村の平和を破るかのように、ドロドロと物凄《ものすご》い山鳴りが聞えてくる。(山麓《さんろく》の一軒家《いっけんや》)とある農家の庭先、鄙《ひな》には稀《まれ》な美しい姉妹が、爺からこの山鳴りの由来(役の行者が一言主《ひとことぬし》を西谷《にしのたに》に封じ込めた話)を聞いている。そこへ樵《きこり》が駆け込んできて、都から役の行者のもとへ修業にきている若い行者が谷川に落ちた、と告げる。若い行者は韓国《からくに》の広足《ひろたり》といい、役の行者の留守《るす》中、師の戒《いましめ》を破って西谷に入り込み、恐ろしい半獣人の怪物一言主《ひとことぬし》から呪いの言葉を浴《あび》せられ、恐怖のあまり谷に転落したのである。

村人に救われた広足《ひろたり》は、この農家に担《かつ》ぎこまれ、姉妹の優しい看護を受けた。彼はその後病癒えても、夢の中で暗示を受けたとして娘の家にとどまり、俗説(人獣中和説)を村人に説く。

第二幕 (夜の大峯林中)鬱蒼《うっそう》たる密林、風・雨・雷光《いなびかり》の中を、小妖怪どもが暴《あば》れている。そこへ役の行者の家来前鬼《ぜんき》と後鬼《ごき》があらわれ、怪妖どもを取りおさえる。前鬼は一言主《ひとことぬし》が暴《あば》れだした事件を役の行者に伝えに、後鬼は広足が俗説を流し、若い女や子どもの人気を得《え》、役の行者を蔑《ないがし》ろにしているという事実を見届けに、急ぎ足で去る。(西谷の魔所)深山幽谷《ゆうこく》、樟《くす》の大枝の間から、十一日ころの落ちかたの月が顔を出し、妖怪国《こく》の笛の音《ね》のような、凄い、一種奇妙な拍子で鳥が鳴く。と大樟《くす》の枝下から、鳥に似て鳥でなく、獣に似て獣でなく、無論人間とも思われない裸体の妖怪(白髪の頭でっかち、鼻は僧正坊《そうじょうぼう》のごとく、身長三〜四尺、長い尾を垂れ、よちよち歩く男の妖怪。肩から腰へかけて雉《きじ》のような羽毛の生えた女の妖怪)が総勢六匹あらわれ、はね廻りながら怪奇な声で歌い出し、ファンタジックな趣きをかもし出す。

はってった! はってった! ぴいかぴいか、ぴっしょぴっしょ、はってった! ちんれんれ、ちれろ! あっぱっぱきらら! ぐる

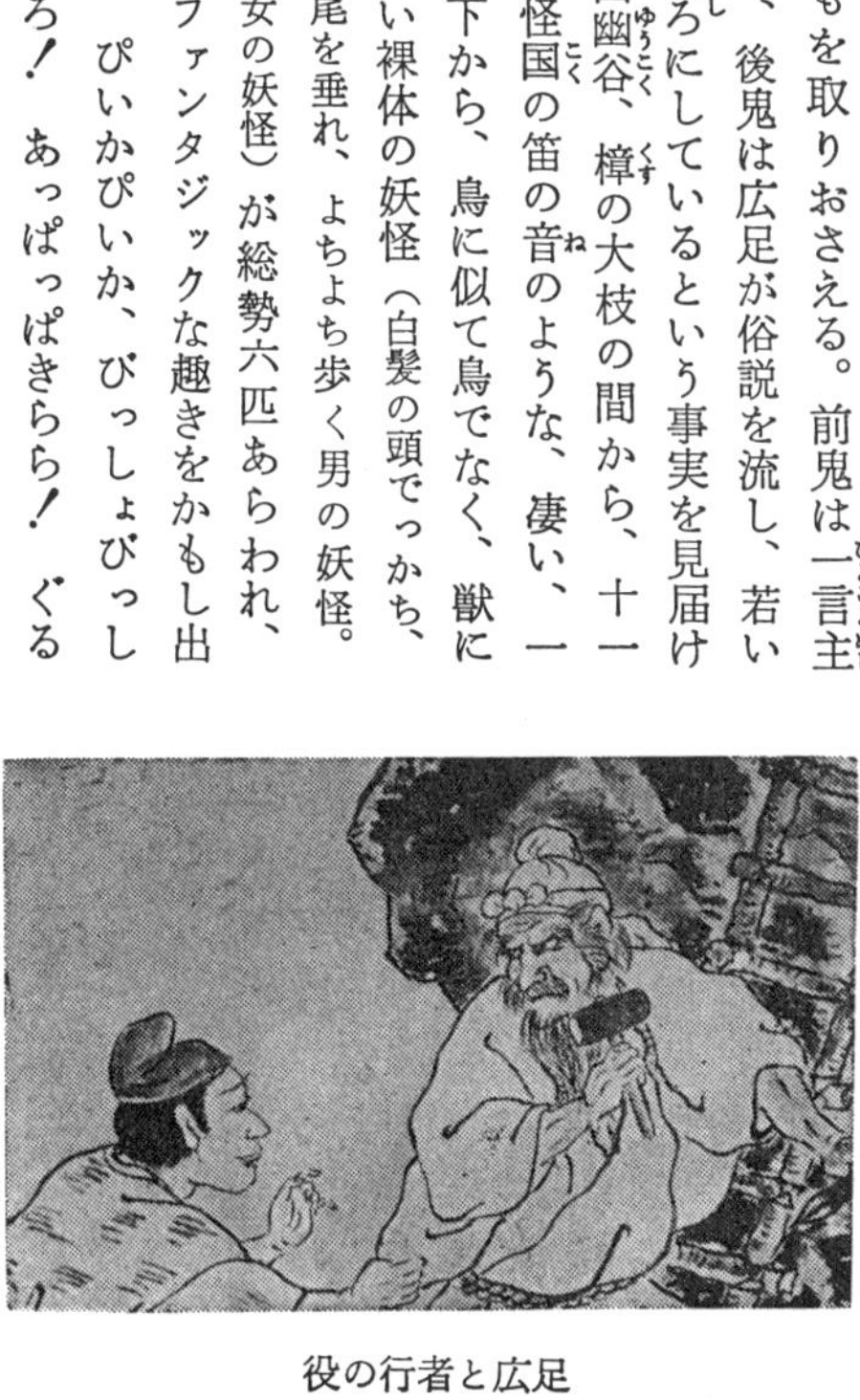

役の行者と広足

ぐるせっこう！　ぐるぐるせっこう！　いひひひひひ！　力《ちから》なッしい!!　ざっまァ見れ！　いひひひひひ！

（妖怪の歌やセリフはリズミカルで童話的でさえある。）

「やかましいわいッ!!」、雷《いかづち》のような大喝は、身長《みのたけ》八・九尺の大怪物、獅子のたてがみ、醜怪《しゅうかい》な相貌《そうぼう》、上半身は人間のようで下半身は毛むじゃらの獣《けもの》、これぞ大樟《くす》の股《また》に封じ込められている一言主である。彼は獣の胎児の生き血を飲まねば、役の行者の力《ちから》に対抗できない。そこへ一言主の妻であり母である葛城《かつらぎ》（怪奇な半神半獣姿）が胎児をつかんでとんでくる。「かわいいかわいいあが夫《せ》のあが子よう！」。女怪は待ちわびていた一言主の口に胎児の血を注《そそ》ぐが、胎児はすでに死んでおり、一言主は腐《くさ》った血の毒にあたってもだえ苦しむ。地団駄踏んでくやしがる葛城《かつらぎ》。彼らの形相《ぎょうそう》は物凄い。（彼らは悪天候・天災地変、悪、醜・汚穢、不快を喜び、生命《いのち》あるものを食《くら》う殺生道《せっしょうどう》、母子《おやこ》相姦《そうかん》の風習をもつ。そして衆生済度《しゅじょうさいど》を説く役の行者の思想を、自己防衛のための猿知恵、高名心によるものとし、『善や慈悲は、自分の都合《つごう》で人間めが築きおった、狭《せま》い狭い、脆《もろ》い脆い桟《さん》橋ちゃに』と罵倒《ばとう》する。）怒り狂った葛城《かつらぎ》は、「……今から直《すぐ》に越《こし》の地獄谷《ぢごくだに》の焰《ほのお》の泉に身を浸《ひた》いて、煮え返り沸き返り、夜千度、昼千度、身を黒焦げにくすぶらいて、生き身のままに死に返り。死に返って、神変《しんぺん》自在の魔王となろう！　むゝ！　まづあいつらを血祭りにして、人間の子種《こだね》を絶ってくれよう」と絶叫し、手に持った胎児の死体をひきさいた。

第三幕　（大峯の山中）樵《きこり》たちが、広足と農家の娘との仲を噂《うわさ》し、広足の慢心を非難している。そこへ都の武官が、役の行者の逮捕《たいほ》にきた。山里の民百姓には善行の神と仰がれている役の行者も、都では、「邪法を修し、愚民を惑はし、財物を貪《むさぼ》り、日本国を魔界となさん手始めに、恐れ多くも、帝《みかど》を調伏し奉《たてまつ》る者」と誤解され、すでに訴えられていたのである。武官たちは神山の御禁断を破って、山上の窟《ほらあな》へとのり込んだ。（山上ヶ嶽の岩場）修験場《しゅげんじょう》にふさわしい切り立った断崖、千仞《せんじん》の谷、その一角の岩窟《がんくつ》で、役の行者が修業中である。折りから弟子の広足が帰山し、「必ずしも人の獣《けもの》に似たる（たとえば肉欲など）を咎《とが》めず、獣の天性を礎《いしずえ》にして、そこに神の霊徳を築き成す。」という人獣《にんじゅう》中和説の教化を施すべく、都へ帰りたいと願い出る。神性を奉じ、人間の性を矯正《きょうせい》し、情を殺し、ひたすら肉を滅尽《めつじん》する力を絶対とする行者は、広足の煩悩《ぼんのう》を見破って破門する。ぽつねんと残る広足。そこへ以前とはうって変わって、きわめて妖艶《ようえん》な百姓娘ヒツヂ（実は女魔）が、広足恋しさに女性禁断の戒《いましめ》を破って登ってきた。娘は広足に、これからは平凡な人間として私と一緒に暮そうと、甘く優しく誘惑する。広足はその誘いにのって、ついふらふらと夢見心地で下山する。

一方役の行者は、自分の不在中に、老母が病と老衰に悩みつつはるばる尋ねてきたことを知り、骨肉《こつにく》の情に責められる。しかし自らの修業にとっては、それさえも脱却せねばならない。そうした行者の動揺を狙って、女魔神扮《ふん》する絶世の美女が、なまめかしい手練手管《てれんてくだ》で彼を誘惑しようとする。（ここは歌舞伎『鳴神《なるかみ》』の雲の絶間姫《たえまのひめ》と鳴神上人のやりとりを思わせる。）だが行者は相手にせず、最後に一喝《いっかつ》して女を撃退する。　今は一切《いっさい》の煩悩を克服した行者は、「…、人間も無ければ禽獣《きんじゅう》もなく鬼神もない。母もなく子もなく男もなければ女もない。善も悪も生も死も慈悲もない。ただ有るものは大いなる我の『力』ばかりぢゃ。」と絶対の自我を貫くため仏像をも棄《す》て、ひたする祈禱《きとう》を続けている。　そこへ先刻の武官が到着、折りから山を登ってきた老母を人質として捕える。武官は役の行者に向って、「おとなしく縛につかなければ老母を殺す。」と迫るが、行者は一心に真言秘密の妙法を唱える。ついに老母は殺された。だが彼はそれにも動じない。このとき葛城が、一言主を救い出すため大樟を焼かんと猛威をふるう。山がすさまじく鳴動する。ここに至って役の行者は、その力を試みる。「南無や此《こ》の大巌《おおいわ》よ！　たちどころに金剛蔵王《こんごうざおう》の像を現ぜよ！　喝《かつ》！。」すると忽《たちま》ち大音響がして、周囲の山が崩れ、岩石の雨、土煙《つちけむ》り、夜の闇……やがて天地寂《せき》として死に絶え、闇もうすれてきたとき、大岩上に金剛《こんごう》立像が現われ、一方行者の姿は、晴れ渡った紺碧《こんぺき》、北斗輝く夕空の彼方に白雲となって漂うのであった。

はたして行者が神になったか自然に帰したか、その結論は明示されていない。しかし彼が煩悩のいっさいを脱脚し。自力本願成就《じょうじゅ》して、「絶対の力」を得たのであることはいうまでもない。

（大正六年発表『役の行者』による）

「役の行者」の世界

「役の行者」は大正二年五月稿了、早稲田大学出版部から発刊の運びとなった。折りしも、逍遙の主宰する文芸協会では、島村抱月と松井須磨子の間に恋愛事件が生じ、これを中心に協会内にいざこざが起こり、社会問題にまで発展した。ところが「役の行者」の作中には、広足を抱月、女魔を須磨子、行者を逍遙と連想させる要素が多分にある。（たとえば、あでやかな女魔神の誘いにふらふらついてゆく広足、それは須磨子の誘惑にふらふらとなってしまった抱月その人であり、師に従わんか下界に生きんか、迷う広足はそ須のまま、磨子との愛に生きんか妻子（や師）と生きんか、懊悩《おうのう》する抱月でもあったのだ。その他師弟間に恩愛の情はありながら、なおかつ思想的に感覚的に、ついに相容《い》れなかった逍遙と抱月の苦悩。それらが生《な》ま生《な》ましい迫真力をもって伝わってくる。）そこで逍遙は、この発表によって、あるいは問題がこじれたり拡大化されたり、その影響するところを憂慮して、折りから印刷の過程にあったこの作品の発表を、わざわざ中止した。だがけっきょく抱月と須磨子は、師逍遙に背《そむ》いた形となって文芸協会を退き、つづいて協会も解散するという最悪の結果となり、世間では、苦境に在った逍遙が、「役の行者」を通して心境を吐露したものとみた。また作中、行者が折衷主義的獣肉一致論者の広足に「汝の如きは、何の力もない癖に、あちこちの力をば借り集め、或は盗み集め、綴くり合はせ、我の力の如く見せびらかし」と罵《ののし》るあたり、自然主義文学の擁護者である島村抱月への批判と見るむき、行者が母を見殺しにして解脱《げだつ》をなし遂げるあたりに対しても、母を逍遙の勧める早稲田大学と見立て、彼が早稲田大学を退く決意を示したものと見る説などひんぴんと流れた。

とにかく逍遙自ら「他の作より内生活に因縁が深い」といっているように、自叙伝的色彩の濃い作品ではあるが、同時にそれは、単に文芸協会を対象にしたものだけではなく、もっと広義な意味もある。たとえばその第一は、当時の自然主義思潮とその追随者たちへの批判である。これは儒教的道徳家であり、倫理に徹していた逍遙の思想に基づくもので、いっさいの煩悩を解脱し、人は直ちに生き神であるといってその神性を主張する行者が、肉の世界を礼賛する悪の象徴の獣性（一言主や女魔）を制し、「獣の天性を礎《いしずえ》にして、そこに神の霊徳を築《きず》き成す」ことを提唱する折衷主義的霊肉一致論者の広足を破門する態度に示されている。その第二は、ニーチェの耽美《たんび》主義や自然主義末期などの、もろい、頽廃的、世紀末的な当時の外来思潮や外来文芸の侵蝕から、わが国の伝統思潮や文芸を護《まも》ろうという示唆があり、改作の「神変大菩薩伝」では、行者の敵が「外魔」として登場し、それが外来思潮だと受け取れる。そして伝統の文芸思潮を護り抜くために、自己の「力」の必要を説いている。第三には、いっさいの公職から離れて、心機一転、孤独な、しかし自由な自己本位のみちを選んだ逍遙の決意や、それをあくまでも貫こうとする情熱、実行するまでの厳しい自己批判が示されているといえよう。「かりにも他力を恃《たの》んだのは、おれの払い残していた惑いの一つじゃ。」といって弥勒《みろく》菩薩までも投げすてる強い態度、そこにも彼の確乎とした決意が歴然としている。

西洋文芸との関連　この戯曲には、伝統的な七五調を基《もと》にした歌舞伎の形式を打ち破る自由な文体の駆使がみられ、逍遙自身の自由な世界もそこに展開して、新鮮で、自由な、迫力ある作品となった。その大きな要因に、多々西洋文芸があげられる。

まず女魔神が行者を誘惑にくるプロットは、伝説の行者伝にはいずれにもなく、逍遙の創作である。それについて本間久雄氏は、「そこには恐らくフローベールの『聖アントワーヌ聖者の誘惑』などの暗示があったろう。暗示といえば『大我』(宇宙の本体として唯一絶対な精神を想定する形而上学説で、その本体を個人の我にあてはめていう語)の哲学も、あるいはシェリイの『解縛プロメシュース』のデモゴルゴン説などにうるところがあったかも知れぬ。また一言主が幽昧凄蒼《ゆうまいせいそう》たる西谷の大樟に結縛されて悶え苦しんでいる場面は、作者のかつての直話によると、『ダンテ・地獄篇』のドレの挿画から思いついたものであるという。」と例をあげ、また田中千禾夫氏は一言主の思想や風習に、シェイクスピアの「マクベス」からの影響がある、として、次の例をあげている。

第一幕第一場、荒れ地、三人の妖巫《ウィッチ》（妖女）の登場

「悪魔の使徒である妖巫《ウィッチ》らは、常に人間に災禍の下るのを希望しているから、その自然観は人間のそれとは逆である。人間の善、美、清浄、愉快、便利とするものは、彼等の悪、醜、汚穢《おわい》、不愉快、不便利とするものであり（中略）天候とても同断、晴朗は彼等の忌む所、陰鬱な瘴煙や毒霧が彼等の得意な舞台なのである。……」

第四幕第一場、天怪の言葉

「さあさあ注ぎ込みな、仔豚を九匹食った豕《いのこ》の血を、それから、火の中へ絞罪台から滴れ落ちた、あの人殺しの脂肪《あぶら》を……」（坪内逍遙訳）

こうした西洋文芸の影響は、それまで日本の舞台には出てこなかった妖精も登場させて、また一つの新しい分野を切り拓《ひら》いたのだった。

小説神髄

滔々《とうとう》と流れる日本文学の流れの中で、はたして近代文学はどこから始まるのか？　と問われたとき、躊躇《ちゅうちょ》することなく、そこに太く鮮明な一画の線を入れるべきところ、それが「小説神髄」である。

時代背景

しかしこの書の出現は明治維新後十八年を過ぎてであった。ということは、世はすでに近代と呼ばれる文明開化の御代となっても、文学上における維新の黎明《れいめい》はまだまだ遠く、時代とは大きなずれがあったということである。

すなわち明治維新は、それまでの長い鎖国と封建制から抜け出して、急速に海外の新文化、近代機構に着目し、それを摂取し、ひたすらけんめいな追いつき運動をはじめた。たとえば経済は自由経済となり、階級観は解消されて民権の確立に、陰暦は太陽暦に改められて七曜制が採用され、手工業も一躍機械工業化して、急速な変化進展を見せていったが、あげくのはては、やれ日本の女性は外国人と結婚して優秀なあいのこをつくれだの、英語をもって日本の国語とせよなどという意見も出る始末《しまつ》であった。有名な鹿鳴館《ろくめいかん》における昼夜ぶっ通しの仮装舞踏会も、伊藤博文内閣の、欧米模倣主義政策の結果であった。

むろん文学も、西洋摂取に努力したのはいうまでもない。たとえば明治十年までには、まず新生日本をリードした、啓蒙書のナンバーワン、福沢諭吉の『学問のススメ』、戯作者仮名垣魯文の『西洋道中膝栗毛』、スマイルズ作・中村正直訳の『西国立志伝』、ヘボン・ブラウン訳の『馬太《マタイ》伝』などがあり、とにかく西洋第一主義の時代であった。そして明治十年代ともなれば、政治もの、科学もの、翻訳ものが花盛り、すなわちリットン作・丹羽純一郎訳の『花柳春話』、矢野龍渓の『経国美談』、シェイクスピア作・坪内逍遥訳『自由《じゆうの》太刀《たち》余波《なごりの》鋭鋒《きれあじ》』ベルヌ作・井上勤訳の『九十七時二十七分月世界旅行』や『海底旅行』、その他が大いに読まれた。

『小説神髄』の表紙

しかし、花盛りとはいっても、西洋ものばかりが読まれたわけではない。第一、一時さびれた感のあった戯作《げさく》ものが、また勢いを盛り返してきたのもこの時代であった。いったい戯作とは、江戸中期の終わりから末期に至るまで流行した草双紙《くさぞうし》類(㈠子ども用絵本の表紙の赤い赤本、黒い黒本、青い青本、㈡表紙が黄色でおとな向き絵入り短編小説の黄表紙《きびょうし》、㈢華麗な絵表紙を持つ絵入り長編小説の合巻《ごうかん》)、後期読み本類(絵中心の草双紙に対して文章を主体とし、特に後期の作品は山東京伝・滝沢馬琴など、いわゆる勧善懲悪のお家騒動、因果応報的色彩の濃いもの)、洒落本《しゃれぼん》(別名こんにゃく本、浮世草紙、好色物の系統をひくもので、後に人情本と滑稽本に転化)、人情本(洒落本の中の恋愛面を強調した低級な風俗小説)、滑稽本(洒落本中、遊里趣味を捨て、笑話性の方を発展させたもの)、などを総称し、江戸時代、和漢の真面目《まじめ》な伝統的文学から区別して、たわむれに書いた俗文学の意味で戯作《げさく》といい、その作者を「戯作者」と呼んだのである。これら戯作ものは、明治の新声を聞いてもなお、旧態依然として続いていた。中には仮名垣魯文の『西洋道中膝栗毛』(十返舎一九の「東海道中膝栗毛」を近代風にアレンジし、場所も東海道を西洋としたもの)や「河童相伝胡瓜遣《きゅうりづかい》(当時世間に喜ばれた福沢諭吉の窮理図解をもじったもの)のごとき、さっそく当時の欧化熱に応じて書かれた作品もあるにはあったが、作者のほとんどが江戸時代より書き続けている人たちばかりで、いっこうに内容の変化進展は見られなかった。今その一例を挙げてみると、「近世悧蝦蟇《あきれかえる》」(万亭応賀)、「びっくり帳面箱」(万亭応賀)、「松の花娘庭訓《ていきん》」(高畠藍泉)、「鳴渡雷於新《なりわたるいかづちおしん》」(伊東橋塘)といったぐあいで、低級な庶民相手か子供相手の、興味本位の読み物、あるいは子女教育のための勧善懲悪もの(勧善懲悪とは、江戸時代の身分制度、世襲制度、つまり封建制度を基盤としたお家中心主義と、親子は一世夫婦は二世主従は三世式の儒教的教えの上にたつ善を勧め、それに反する悪を懲らす、という考え方)ばかりであった。そしてこれら戯作《げさく》ものがかえって多く読まれたのも、欧化熱への一種の反動だったのである。

そうした時代風潮の中から生まれたのが「小説神髄」なのである。しかもこの書の出現こそ、真に日本文学の近代への脱皮、すなわちエポックメイキングな役割を果したもので、そこに盛られた清新な感覚、さし示された新しい文学の原理と方法―後々《のちのち》の近代文学は、実にこの理論に則《のっと》って、そのゆくべき方向を見いだした。それは逍遙自らいうように、決して大きい船ではなかったかも知れないが、りっぱな水先案内の船であった。

まことに「小説神髄」こそ彼の数多い文学活動の中でも、ひときわあざやかに光彩を放ち、その韻々と打ち鳴らす暁鐘《ぎょうしょう》は、同時に近代日本文学の開幕を促す歴史的文学論でもあったわけである。なお「神髄」とは本質というほどの意味であろう。

動機と先行文学論

はたして何が直接の動機となったのか、単純には決めにくいが、およそ次のことが考えられる。一つは彼がまだ東京大学三年であった明治十四年、彼はその学年試験でフェノロサの政治学が不合格となって落第、給費生の資格を失ってしまった。特にその前年、母を亡くしているだけに悲痛であった。ついで、やはりこの学年の中間試験の際、ホートンの『ハムレット』で「王妃ガーツルードの性格を評せよ」という問題に、彼は王妃の行為を道徳的に評してしまい、教授からひどい点をつけられた。これら不幸のでき事は、すべて自業自得とはいいながら、まったく面目ないことであった。それに給費生でなくなった以上、外に出て大いに働き、自給自足でいかねばならぬ。これらが発奮の契機となり、やがて英書による文学論・評論を読みあさり、東西の比較研究も、自然頭の中にまとめられつつあった。

「およその時代に高く聳える文学上の作品が生まれるためには、その以前、より少さな数多《あまた》の作品があって、大作品の露払い的役目をはたす。」これは美学者テーヌのことばである。「小説神髄」にもそうした先駆的論文はあった。たとえば西周《にしあまね》の「百学連環」(明治三年より私塾育英舎で行なった特別講義の稿本であり、すでに近代文学観の片鱗がのぞかれる)、「知説」(明治七年、明六雑誌第二十五号掲載、文学の本質・種類についての西洋学説の紹介)、英人ウィリアム＝チェンバー兄弟著、菊地正麓訳の「修辞及華文」(明治十二年、華文とは美文のことで、言語学的要素、詩学的要素、美学的要素を取り入れて、修辞学を概略かつ啓蒙的に述べている。)米人フェノロサ演述、大森惟中筆記の『美術真説』(明治十三年、西洋美学説で、対象そのものの中に美が存するという考え)、フランス経験主義者、ブェロン著中江篤介訳の「維氏美学」(実証主義の美学大系―芸術における真実と個性を強調)、有賀長雄の「文学論」(明治十八年八月、「小説神髄」より一カ月早く出版、内容は「小説神髄」以前の文学論の集大成、儒教思想で文学を説き、西洋風の文学理論に対抗、当時の欧化主義への反逆である)などがそれであり、直接間接に、あるいは刺激し影響したであろうと思われる。

内容

「小説神髄」は「当世書生気質」の出版より遅れること三カ月、明治十八年九月より、パンフレットの形式で連続刊行、翌十九年四月まで全八冊、なおも未完であったのを、同年五月、その未完分をもあわせ、上下二巻にまとめて松月堂より出版した。

今その項目を、内容を示しつつ列記してみると、まず上巻は、

小説総論(美術『今日《こんにち》の芸術』とは何ぞや。小説は美術なりの理由)小説の変遷(小説と歴史の起源・小説と演劇との差別)小説の主眼(人情こそ小説の主眼)小説の種類(描写小説と勧懲小説の区別・時代物語など)小説の稗益(小説の四大稗益を論ず)よりなり、下巻は

小説法則総論（小説法則の必要・各文体の得失）、小説脚色の法則（快話小説と悲哀小説・脚色の十一弊）時代物語の脚色（正史と時代物語・時代物語創作の心得）主人公の設置（主人公の性質・主人公の二仮説）叙事法（叙事法の陰陽二法）

つまり上巻は主として小説理論、下巻は同じくその方法論が記され、それも小説論というより、文学の本質全般にわたる、いわば文学原理の論というのがふさわしい。またその内容についても、文化文政時代を中心とする戯作文学、ならびに明治初年、十年代の文学に対する批判、さらには将来への啓蒙的役割をなす評論、といった形で述べられ、骨子はあくまで、旧来の文学観を打破して新文学観を打ち立てん、とするものである。なおそれら上下全巻にわたる主張の要旨は、上巻の「小説総論」「小説の主眼」においても、すでに集約的に示されている。

さて、およそ逍遙の理論の基礎となっている観念は、特にイギリス文学よりきたもので、第一に文学の独自性、第二に写実主義を強調する。

まず文学の独自性とは、いわゆる文学独自の価値を主張したものである。わが国では、徳川期以来、実利的な道徳（儒教）思想が培《つちか》われ、その影響から、文学を功利的目的意識を伴うものとして考えてきた。逍遙は、そうした過去の文学、特に勧善懲悪主義を色濃く押し出している馬琴らの戯作文学を非難し、それらを功利的目的意識より解放して、文学独自の目的を樹立しようと、次のように主張する。

（彼は文学を美術《アート》《芸術》の一部門とし、美術の独自性はすなわち文学の独自性であるとして）

「夫《そ》れ美術（芸術）といふ者は、もとより実用の技にあらねば、ひたすら人の心目を娯《たの》しましめて其妙《そのみょう》、神《しん》に入らんことを其『目的』とはなすべき筈《はず》なり。其妙、神に入りたらんには、観る者おのづから感動して、彼の貪吝《たんりん》なる欲を忘れ、彼《か》の刻薄《こくはく》なる情を脱して、他の高尚なる妙想《みょうそう》をば楽しむやうにもなりゆくべけれど、こは是《これ》自然の影響にて、美術の『目的』とはいふべからず。いはゆる偶然の結果にして、本来の主旨とはいひ難かり。」

と述べている。

つまり美術（芸術）の本質は人の心を娯《たの》しませるということであり、その本質がそのまま目的でもあって、それ以外の何物でもないという。そして小説は美術の一分野であるから、小説による啓蒙や教化は、自然の影響であり、かつ偶然の結果でもあって、本来の目的ではないというのである。こうして逍遙は、初めに小説の本質を示し、ついで「看官《かんかん》の惑を説き、兼ねては作者の蒙を啓《ひら》きて、我小説の改良進歩を今より次第に企図《くわだ》てん」と、いまもって文学に勧懲などの目的意識を求める読者の目をさまし、同時に今なお旧態依然とした戯作を模倣し、勧懲主義を小説の主脳と考える当時の多くの作家たちを啓蒙したのである。

次にに写実主義の強調について、

「小説の主脳は人情也。世態風俗これに次ぐ。人情とはいかなるものをいふや。曰く人情とは人間の情《ばっ》慾《しょん》にて、所謂百八煩悩是《いわゆるひゃくはちぼんのうこれ》なり。」

という。つまり小説の主眼は人情の描写である。人情とは人間のあらゆる情欲であり百八煩悩すなわちあらゆる悩みである。小説家はそうした複雑微妙な人間心理を描き出さねばならぬ。そして冷静な心理学者の立場に立って、すなわち心理学的実証主義的方法で、あくまでも客観的に写実しなければならない。小説における仮空の人物といえども、その感情描写は観念的形式的な善悪正邪の感情を注入せず、客観的にリアルに描写せよ、というわけである。(戯作ものなどでは人間はその環境・階級・職業などによって、性格が分類され、類型化され、武士の性格、商人の性格、長屋住まいの性格など、その環境の示す特徴で書き分けられてきたので、特にこの点を強調したのであろう。)

逍遙はまた、人間をその表面にあらわれる行為と、内面に秘められている思想や感情、心理とに区別する。そして歴史や伝記では人間の表面に示された行為を叙すが、その内部に秘められている思想や感情はほとんど書くことができない。この人間の内部に秘められた感情の微妙な奥底の真相を観察して、賢人君子はいうに及ばず、老若男女善悪正邪の心の内幕をあますところなく描き出し、その人情も、はっきり目に見えるように写すのが小説家の努《つと》めであるとし、

「よしや人情を写せばとて、その皮相のみを写したるものは、いまだ之《これ》を真の小説とはいふべからず。其骨髄を穿《うが》つに及びて、はじめて小説の小説たるを見るなり」

と、結んでいる。

かくして、あくまでも人情の描写を第一の眼目とする逍遙は、これにつぐものとして世態(世情)風俗の描写を説いた。彼によれば、世態は多くの人間感情によって構成されるものであり、これまた人情の描写が第

一であるとする。逍遙は、人情の描写においても世態風俗の描写においても、徹底した写実主義の態度を主張し、その態度も、あくまで空想を排斥し、実際にモデルを求めてリアルな真実感を描写すること。人間感情は環境や刺激によって変化するものであるから、その変化してゆく状態を細かくくわしく考察することなどを提唱したのであった。

こうして、新しい文学のあり方、写実主義を提唱した逍遙であったが、さて、彼が用いた実際のスタイル、その形式は、必ずしも言文一致の口語体を用いず、保守的な雅俗折衷の文体であった。（当世書生気質参照）のちに彼はこのことを反省し苦笑しているが、それは彼の中にある過渡期特有の、旧態勢から新態勢への脱皮の不徹底な現象によるものであり、そのゆえにこそ、この論をして自ら旧悪全書ともいうのである。その不徹底さがまた、いろいろな意味において、この「小説神髄」の一つの要素ともなっていて、彼をして、のちに旧悪全書の一つとも数えさせるゆえんなのである。しかし、逍遙自らの観方《みかた》はどうであれ、また、それら多少の欠点を認めるとしても、なおかつ、われわれは、この論の近代文学史上における価値の微動だにしないことを知らねばならない。

シェイクスピア翻訳の実例
(逍遙における)

シェイクスピアの翻訳における逍遙のうまさは、その後のシェイクスピア翻訳者および英文学者の、異口同音に賛辞を表するところである。のちのちのシェイクスピア研究者翻訳者の多くは常にこの訳を参考として考えてきたようでもある。特にシェイクスピアの原作は、Blank Vers つまり無韻詩と呼ばれる散文詩である。もしこれを日本の作品に比較するなら、近世の近松門左衛門の浄瑠璃文とでもいえようか。したがって韻文的な味わいに乏しい訳はそれだけ原作の味より遠くなる。ところで逍遙は、最初これを七・五調を主調とする浄瑠璃調に翻訳した。それはあとの例にも見られるように、見事《みごと》な七・五調の歌舞伎のセリフとなっている。これならば原作の Blank Vers も、スタイルとしては十分に生きたであろう。それに古典の味わいもある。確かに目のつけどころはよかったと思うし、さすが逍遙ならではの訳であろう。だが難点は、日本のお芝居、歌舞伎にあまりにもなおしすぎたということである。このままでは、あくまで日本の古典、江戸時代のチョンマゲ姿ばかりほうふつとし、あの西洋の感覚、ポーランドやローマの勇士、古城の雰囲気は出てこない。これは二、三の批評家にも指摘された。そこでできあがったのが「新修シェイクスピア」である。こちらはまたぐっと現代調の口語となった。だが、人さまざま、これにはこれの悪口も出た。いわく「古典の味に乏しい」「散文的すぎる」と。さてみなさんはどちらを取るか。これら逍遙の訳の二、三例をその原文およびその他の訳者のとともに紹介してみよう。

〔I〕 ジュリアス＝シーザー

次の文は、一代の英雄シーザーが、まさに徒党のものの手にかかって倒れる寸前の名セリフである。またその訳「A」は、逍遙の最後の仕事「新修シェイクスピア」よりとったもので、訳「B」は、明治十七年、かれ二十六歳の「自由太刀余波鋭鋒《じゆうのたちなごりのきれあじ》」より抜粋した。

読んで気がつくように、後者の訳は必ずしも直訳ではなく、逍遙特有の歌舞伎的発想の意訳となっている。ことばよりもその精神を大切にしたためであろうか。

① (*Caesar*) I could be well mov'd, if I were as you:
If I could play to move, prayers would move me;
But I am constant as the northern star,
Of whose true-fix'd and resting quality
There is no fellow in the firmament.
The skies are painted with unnumber'd sparks,
They are all fire and every one doth shine,
But there's but one in all doth hold his place:
So,in the world;'tis furnished well with men,

And men are flesh and blood, and apprehensive;
Yet in the number I do know but one
That unassailable holds on his rank,
Unshak'd of motion : and that I am he,
Let me a little show it, even in this,
That I was constant Cimber should be banish'd,
And constant do remain to keep him so.
(*Cinna*) O Caesar,-
(*Caesar*) Hence! Wilt thou lift up Olympus!
(*Decius*) Great Caesar,——
(*Caesar*) Doth not Brutus bootless kneel?
(*Casca*) Speak, hands, for me!
〔*Casca first, then the other Conspirators and Marcas Brutus stab Caesar.*〕
(*Caesar*) *Et tu, Brute?* Then fall, Caesar! 〔*Dies.*〕
(*Cinna*) Liberty! Freedom! Tyranny is dead!
Run hence, proclaim, cry it about thoe streets.

〔A〕「新修シェイクスピヤ全集」より

（シーザ）　自分が貴方のような男であったなら、そう願はれりゃ当然心を動かすでもあろう。

また人を動かすために祈ることのできる男であったら、祈られて心を動かしもするだろうが、自分は動かない。

確固不動を特質とすることに於て、碧落中に又と類《たぐ》いのない北極星の如くに。

大空を彩《いろど》る無数の火花は、
ありゃ悉く星だ、そして悉く光り輝いている。

が、その中で不動の地位を保っているのはたった一つ。

人間界とても同じくだ。

夥《おびただ》しい数の人間が、おのおの血肉を又智を具《そな》えている。

しかもその多数の中で、如何なることにも動かされないで、
厳としてその地位を保ち得る者はというとたった一人だ。それは予《わし》だ。

〔B〕自由太刀余波鋭鋒《じゆうのたちなごりのきれあじ》

（獅威差）　エ、黙《だま》れ、黙れ、黙りおろう。
この獅威差《しいざる》がお身の如く、人目も恥じず卑劣にも、膝を折り頭をさげ、犬猫同様媚《こび》を献じて、人に歎願なすようなる、卑屈の性根《しょうね》を抱きおらば、お身の願いも聞き入るべきが、予が心は大磐石《だいばんじゃく》、かの北極の星ならねども、
ひとたび心を決せし上は、いつかな、いかな、動くべきか、
蒼茫たる碧空際涯なく、燦然《さんぜん》たる星宿《せいじゅく》数知らねど、星の中《うち》にも星というべき、まことに動かぬ磐石の、星は北極に一《ひと》つあるのみ、
人間にもマッ其の如く、ひとしく面《おもて》は人なれども、まことの人というべきは、
億万人中一人《いちにん》あるのみ、
悲喜哀楽は擲《なげう》ち去って、土芥《とがい》と見なす獅威差《しいざる》こそ、人間中の北極星、巧言令色に動かされんや、一旦《いったん》罪に処せし波武利亜須《ばぶりあす》（辰婆《しんばる》のこと）を、赦《ゆる》さでそのまま打ちすて置くが、

その一証を見せよう。
自分は嘗《かつ》て断乎としてシンバーを追放した、
すなはち断乎として其のままにしておく。
(シンナ)　おお、シーザー！
(シーザ)　退れ！　オリンパス山を動かすつもりか？
(デイシ)　大シーザー閣下、……
(シーザ)　ブルータスが膝まづいてさえも無駄だった
ぞ。！
(カスカ)　もう……此の上は……腕づくだ！
〔とカスカ真先に一撃を下す。つづいて一同競い
起《た》ってシーザーを襲う。しばらく立廻り。とどブ
ルータスがシーザーを刺す。〕

即ちジュリアス獅威差が心磐石の如くにして、
人間中の北辰たる所以《ゆえん》を示す一つの証拠、
再《かさ》ねて申すは無益のこと、
(申那《しんな》)　でもござりまするが、
(獅威差)　エ、退《すさ》りをろう、叶《かな》わぬと申すに、かくてもな
おオリムパスを動かさんと致すか
アアここな恍物《うつけ》者がめ
(泥志悪須舞妻多須《でしやすぶるたす》)　アゝモシ獅威差殿下
(獅威差)　エゝならぬ、ならぬと申すに、エゝ泥志悪須、
そちは無益に膝まづき、無益に再拝いたす積《つもり》か、
おろか者めが、
(泥志悪須舞妻多須)　すりやかほどに
(申那)　申しても
(獅威差)　エゝ黙りおろう、
〔そう聞く上は、と互いの目くばせ、心得たりと
後ろより、かねての合図《あいず》に、加須可《かすか》が大音〕
(加須可)　ではござりまするが獅威差公
(獅威差)　エゝくどいは、
〔とふりむくところを只一《ひと》突きと逆《さかて》にとり、突き
こむ懐剣身をかわす、獅威差肩先かすられて、流

(シーザ)　や、ブルータス、お前までが！　じゃ、もう！
〔シーザ倒れて死す〕
(シンナ)　自由万才！　自由万才！　専制政治は死んじまった！
駆けて行ってふれ廻れ、街の中を呼ばって歩け。

るる血潮《ちしお》のからくれなゐ、うぬ何すると獅威差が、驚きたけってねぢ上《あぐ》る、腕の痛みに加須可も泣き声、助けよ人々、心得たりと、皆一同に懐《ふところ》に、かくし持ちたる懐剣ぬきもち、左右《さゆう》前後無二無三、つき夜に戦《そよ》ぐしのすすき、暗にきらめく電光《いなずま》の刃《やいば》の下をかひくぐり、或はけたふしふみにじる、死物狂ひの獅威差が、獅子《しし》奮迅の働きに、ソリャ珍事ぞと議堂の中《うち》、上を下へと立ちさわぐ、暴浪《さかしまなみ》に大《おお》山《やま》の崩れかかりしごとくなり、始終を窺《うかが》ふ、マアカス舞婁多須《ぶるたす》、走りかかって獅威差の、腕下《ちのした》深く突きこむ鋒《きっさき》〕
(獅威差)　や舞婁多須《ぶるたす》、汝までが
〔とただ一言をこの世の名残《なご》り、外套かづきて面《おもて》を掩《おお》ひ、二十余瘡《よそう》を蒙《こうむ》りて、立ち並びたる肖像《しょうぞう》の、多きが中《うち》に奔瓶《ぼんぺい》が、像のほとりへ伏まろび、はかなく息は絶えにけり〕
(申邦《しんな》)　自由万才！自由万才！虐主倒れ、専政跡なし、ヤア人々、はやはや四方の辻に出でて、この儀を府下の人民に、大音声《だいおんじょう》にて報道なされい。

こうして「自由《じゆうの》大刃《たち》余波《なごりの》鋭鋒《きれあじ》」には、逍遙独得の加筆がずいぶんあるが、それが却《かえ》って生き生きと、舞台の雰囲気を伝えてくる。

「…獅威差《しいざる》肩先かすられて、流るる血潮のからくれない、うぬ何すると獅威差《しいざる》が、驚きたけってねじ上ぐる、腕の痛みに加須可が泣き声…」

は、いかにも豪傑の獅威差を思わせ、

「左右前後無二無三、つき夜に戦《そよ》ぐしのすすき、暗《やみ》にきらめく電光《いなづま》の刃《やいば》の下をかひくぐり…」

も、つきが月と突くの「かけことば」となって月光の青い光、その光をうけてきらめく白刃、まことにその凄惨さと美しさをきわ立たせている、と思う。ただ注意すべきは、やや饒舌《じょうぜつ》にすぎる感があり、それがローマの巨大な煉瓦《れんが》や大理石の建物、その窓辺に射す月光という背景ではなく、何か関ケ原のごとき戦場を想起させる。今日《こんにち》的見方からすれば、あるいはそこが欠点なのかもしれない。しかし立場を変えて、西洋事情や西洋の歴史がまだまだあまり紹介されていない、よし一部は紹介されていても、一般にはまだまだ通じていない当時を思えば、むしろ背景を、日本的雰囲気、歌舞伎のシーンに置き換えたのが、あるいは一般にはよくわかったのかもしれない。おそらく逍遙のねらいもここにあったのであろう。

〔Ⅱ〕 マクベス

次はシェイクスピア四大悲劇の一つ、「マクベス」の名訳を紹介する。

新劇マクベスの舞台

「マクベス」については、すでに周知のとおり、四大悲劇(マクベス・ハムレット・オセロ・リア王)中もっとも短い、しかしそれだけに急テンポで物語が展開し、もっとも迫力のあるできばえとなっている。

特に次の文は、終わりに近く、第五幕ダンシネーン城中の場で、今や戦況はマクベス王に利あらず、かつマクベスに殺された、スコットランド王ダンカンの忘れがたみマルコム王子と、貴族マグダフの同盟軍(イギリス勢)は、復讐心に燃えつつ、刻々この城に迫りつつある。一方マクベス夫人は、おのれが犯した罪の呵責《かしゃく》からついに乱心、夢遊病者となり、やがて死んでゆく。重なる不幸と悲しみと、追いつめられた者の敵愾《てきがい》心、いろいろの中で、さすが鬼のごとく気丈夫なマクベスも、人生の儚《はかな》さ、生命《いのち》の短さ、あるいは東洋的無常観にも似た深い感慨の独白を述べる。それが次のせりふである。

むろんその感慨は、同時にシェイクスピアその人の感慨であり、訳者逍遙もまた、ひとしおその感を深くして、おそらくは強い感動と共鳴でもってこれらを訳したものと思われる。

② (*Seyton*) The queen, my lord, is dead.
(*Macbeth*) She should have died hereafter;
There would have been a time for such a word.
To-morrow, and to-morrow, and to-morrow,
Creeps in this petty pace from day to day,
To the last syllable of recorded time;
And all our yesterdays have lighted fools
The way to dusty death. Out, out, brief candle!
Life's but a walking shadow, a poor player
That struts and frets his hour upon the stage,
And then is heard no more; it is a tale
Told by an idiot, full of sound and fury,
Signifying nothing.

（逍遥訳「新修シェイクスピア全集」より）

（シートン）　お妃がお死去《かくれ》になりました。
（マクベス）　〔喟然《きぜん》として〕……やがて死なねばならなかったのだ。
いつかは一度そういう知らせを聞くべきであった。……
明日《あす》が来り、明日が去り、又来り、又去って
「時」は忍び足に、小刻《こきざみ》に記録に残る最後の一分まで経過してしまう。
すべて昨日という日は、阿呆《あほう》どもが死んで
土になりに行く道を照らしたのだ。……
消えろ、消えろ、束の間の燭火《ともしび》！
人生は歩いている影たるに過ぎん、
ただ一時舞台の上で、ぎっくりばったりをやって、
やがてもう、噂もされなくなる惨めな俳優だ、
白痴《ばか》が話す話だ、
騒ぎも意気込みもえらいが、たわいもないものだ。

（沢村寅二郎訳）

（シートン）　お妃がおかくれになりました。
（マクベス）　どうせ後になりゃあれも死ぬにきまっていたのだ。
そう知らせを聞くときが、一度はくるはずだった。
明日《あす》、また明日、また明日と
一日一日がじりじり這って行って、
とうとう「時」の記録が最後の一文字に達する、
そして過ぎ去った昨日が一歩一歩と、
ばか者どもを墓穴へ案内してしまう。消えろ、消えろ、はかない蠟燭《ろうそく》！
人の一生は要するにうろつく影だ、憐れな役者だ、
自分の出る場だけ舞台の上で威張り歩いて、わめき散らし、
それから後《あと》はもう聞こえない。それは痴人の話す物語、
夢ばかり徒《いたずら》らに騒がしくて
全然無意味なのだ。

思うに、人生のはかなさを、これほどみごとにいっていることばはない。しかも逍遙の訳は美しくかつ原文の持つ劇的文脈を的確に伝え、特に舞台に立った役者の、つまりマクベスの生きた呼吸とことばづかいまでよく考えたものとなっている。

〔Ⅲ〕 最後に、「ハムレット」のオフィリヤの歌(詩)より、その一節をとってみた。

③ How should I your true love know
From another one?
By his cockle hat and staff,
And his sandal shoon.
(中 略)
White his shroud as the mountain snow,—
Larded with sweet flowers;
Which bewept to the grave did go
With true-love showers.

(逍遙訳)

そして殿御《とのご》のその扮装《いでたち》は?
杖に草鞋《わらじ》にひとしお目立つ
笠につけたる帆立貝《ほたてがい》。
(中　略)
雪と見るよな蠟かたびらよ
花でつつまれ、涙の雨に
ぬれてお墓へしょぼしょぼと

(森　鷗外訳)

いづれを君が恋人と
わきて知るべきすべやある
貝と冠《かむり》とつく杖と
はける靴とぞしるしなる
(中　略)
柩《ひつぎ》をおほうきぬの色は
高ねの雪と見まがいぬ
涙宿せる花の環《わ》は
ぬれたるままに葬《ほうむ》りぬ

(福田恒存訳)

いかにせばまことの恋人見わけえん
杖わらぢ貝の形の笠かぶり
恋すれば人目しのんで通いきぬ
巡礼のそれその姿いぢらしく
(中　略)
峯の雪経帷子《きょうかたびら》のしらじらと
とりどりの花の飾りに包まれて
恋い慕う涙の雨にそぼぬれて
辿りゆく墓場の道の迷い路の

こうしてすぐれた三人の訳を並べたとき、さすが詩として格調の高いのは鷗外である。朗々としていて品格がありそのことばも美しい。対して逍遙のは安直で低俗すぎる。およそ格調の高い、洗練された語彙《ごい》、とはいい難い。一般に、逍遙の訳は詩の方が悪い、とはよく聞くことばであるが、今この歌を詩としてみる場合、確かにその批評は当たっている。ところが原文をよくみると、なるほどオフィリアは上流階級の出身であり、いやしくもデンマーク王宮の侍従長の娘であった。しかるにこの一六、七の娘のうたう歌は、彼女の身分に反して俗謡俗歌のたぐいなのである。それは彼女がまだ小娘であるためか、それともシェイクスピアの好みからか、または彼女が狂気しているせいなのか。もし逍遙がここに着眼して、特にその俗っぽさを出すために、あえてこう訳したとするならば、むろんだれよりも成功しているようにも思われるし、なかなかの名訳といわねばならない。それにしても、江戸文学の俗っぽさが、すでにその体質となってしまっている逍遙には、こうした俗な歌を訳すにはぴったりで、逍遙自身、きわめて楽しい、かつ自然「力《ちから》」の入ったところであろう。

　最後に、福田恒存の訳は、ちょうど以上の二者の中間あたりをねらったものであろう。つまり原作の俗な味と、しかも歌う人が宮中に仕える娘であり、特にこの歌を読み聞く読者、観客の眼や耳を忘れない、つまり一定の品格を持ったものとなっている。さすが現代シェイクスピア戯曲の訳者兼舞台演出の第一人者である。

おわりに

およそ人の生涯は、その一生が波乱に富み、かつ多くの価値ある仕事をなした人ほど、その人生は長い。たとえ百に余る齢《よわい》を生きたとしても、ただすらすらと過ぎた人生ならば、さして長かったとは思われまい。むろん逍遙は、その生活年齢からいっても当時としては長い一生だった。ましてその仕事の量からいえば、これはまさしく、普通人の何倍にも値する、長い長い人生であった。拙いこの書の終幕にあたって、筆者は今それを痛感する。

それは冒頭にも記したごとく、ただに文芸のみならず、評論・演劇・舞踊・美術・邦楽・歴史・教育などあらゆる文化の総合者であって、しかも近代を真の近代たらしめるべく改革につぐ改革をもって、常に各時代をリードしてきた先覚者「坪内逍遙」の人間とその作品を語るには、いかに紙数を尽くしてもあるいはなしえないかと思う。正直のところ筆者自身、今まで逍遙をこれほど興味ぶかい人生を終えた人とは思わなかった。

〃人生はやはりドラマだったよ、大ドラマ！〃

訪問した熱海双柿舎の土の下から、逍遙の声はそうつぶやいていた。

こうして逍遙の場合、一般には彼の作品そのものより、その生涯の仕事に大いなる意義を高唱する人が多く、筆者もまたそれに賛成する一人である。ために、与えられた「人と作品」のうち、多少その生涯により多くのスペースを費やしたことに、大方《おおかた》の御了承をいただきたいと思う。と同時に、明治百年といわれる今日《こんにち》を機に、ともすれば忘れられがちな偉大なる啓蒙改革者、大ドラマの生涯を終えた坪内逍遙をふり返ることも、また意義あることではなかろうか。

年 譜

一八五九年（安政六） 五月二十二日、美濃国加茂郡太田村（現岐阜県美濃加茂市）尾張藩代官所役宅に、坪内平右衛門・同ミチの五男として誕生。幼名勇蔵。

一八六九年（明治二） 十一歳 父平之進（平右衛門）帰農、一家は名古屋郊外笹島村（現名古屋市笹島）に移住。七月、柳沢孝之助の寺子屋に入門。十月、初めて大曽根芝居を見る。

一八七〇年（明治三） 十二歳 四月、四条派の絵を学ぶ。

一八七一年（明治四） 十三歳 二月、このころから逍遙の大惣通いが盛んになる。

一八七二年（明治五） 十四歳 八月、名古屋県立英語学校本科に入学。

一八七三年（明治六） 十五歳 県立成美学校に入学。

一八七四年（明治七） 十六歳 八月、官立愛知英語学校に入学。

一八七六年（明治九） 十八歳 官立愛知英語学校を卒業。八月、県の選抜生となって上京、開成学校（東京大学前身）入学。後に「書生気質」と改題した「遊学八少年」の腹案を得る。

一八七七年（明治十） 十九歳 四月、開成学校は東京大学となる。寄宿舎に入り、高田早苗と親交をもつ。九月、大学予備門最上級に編入。

一八七九年（明治十二） 二十一歳 文学部本科（政治経済科）にすすむ。スコットの「The Bride of Lammermoor」を訳す。四月、橘顕三名義で「春風情話」と題して公刊。十一月、母ミチ逝去。

一八八一年（明治十四） 二十三歳 学年末試験落第、給費生の資格を失い寄宿舎を出て、私塾教授、翻訳雑文によって自活の道をたてる。

一八八二年（明治十五） 二十四歳 一月末、父平之進逝去。勇蔵を雄蔵と改める。

一八八三年（明治十六） 二十五歳 七月、東京大学文学部政治経済科卒業。九月東京専門学校（早稲田大学前身）講師となる。

一八八四年（明治十七） 二十六歳 一月、「春窓綺話」と題してスコットの「The lady of the lake」の翻訳を服部撫松の名義で公刊。五月、「自由太刀《じゆうのたち》余波鋭鋒《なごりのきれあじ》」と題してシェイクスピア「ジュリアス＝シーザー」の翻訳を公刊。本郷真砂町に寄宿舎向き家屋新築、学生十余名を預かる。

一八八五年（明治十八）　二十七歳　二月、翻訳「慨世士伝」を公刊。六月から「書生気質」、九月から「小説神髄」をともにパンフレット形式で公刊。十二月「英文小学読本」公刊。

一八八六年（明治十九）　二十八歳　一月、「妹と背かがみ」を、四月から「内地雑居未来之夢」を、冊子形式で公刊。六月「京わらんべ」を公刊。十月、鵜飼常親養女センと結婚。

一八八七年（明治二十）　二十九歳　三月より絵入朝野新聞に家庭小説「ここやかしこ」を連載、六月、預かり学生の監督を辞し真砂町の家を処分、同町内の借家に移る。私塾の教師を辞す。名古屋より長兄の遺子大造を伴って帰京。十月から読売新聞に小説「種拾ひ」、「贋《にせ》金つかひ」、「忘年会」を順次連載。十二月、「可憐嬢」を公刊。

一八八八年（明治二十一）　三十歳　一月から読売新聞に「松の内」を連載。四月から読売新聞に政治小説「外務大臣」を連載したが二か月半ほどで中止。前年来の神経衰弱昂《こう》じる。

一八八九年（明治二十二）　三十一歳　一月、「国民之友」に「細君」を発表。以後小説絶筆。五月、牛込余丁町に移住。日本演芸協会委員会委員となり演劇革新に乗りだす。

一八九〇年（明治二十三）　三十二歳　二月、新居完成。自宅で学生のためのシェイクスピア講義を始める。九月、東京専門学校に文学科創設。

一八九一年（明治二十四）　三十三歳　九月、「早稲田文学」創刊、一号に「マクベス評註」、二号に「美辞学の弁」を発表、読売新聞に「梓神子《あずさみこ》」その他を執筆。

一八九二年（明治二十五）　三十四歳　一月から四月まで、鷗外との間に、没理想論争をたたかわす。七月、妻とともに日光・塩原に遊ぶ。夏から都新聞に探偵小説「大詐欺《さぎ》師」「雷小僧」（未完）を三か月にわたり連載。

一八九三年（明治二十六）　三十五歳　一月から「早稲田文学」に「美辞論稿」を、五月から同誌に「英文学史綱領」を掲載。六月、「小羊漫言」を公刊。十月「早稲田文学」に「我が国の史劇」を発表。十一月甥士行（養子）を伴い上京。

一八九四年（明治二十七） **三十六歳** 四月、近松研究会を始める。十一月から「早稲田文学」に「桐一葉」を連載。

一八九六年（明治二十九） **三十八歳** 早稲田中学の創立に参画し教頭となる。一月から翌年三月まで「早稲田文学」に「牧の方」を発表。

一八九七年（明治三十） **三十九歳** 四月、「新著月刊」に「二葉くすのき」、九月、「新小説」に「沓手鳥孤城落《ほととぎすこじょうのらく》月《げつ》」を発表。「国学院雑誌」に「マクベス」を連載。十月「早稲田文学」および「太陽」で樗牛と史劇について論争。

一八九八年（明治三十一） **四十歳** 五月、「新著月刊」廃刊。十月、「早稲田文学」廃刊。

一八九九年（明治三十二） **四十一歳** 三月、文学博士の学位を受ける。「太陽」十一月号に「美術上に所謂歴史的といふ語の真義如何」を掲ぐ。

一九〇〇年（明治三十三） **四十二歳** 二・三月「太陽」に「再び歴史画を論ず」を掲ぐ。九月、「国語読本」尋常小学校用全八巻を、十月、同高等小学校用全八巻を公刊。十一月、共編「近松の研究」公刊。

一九〇一年（明治三十四） **四十三歳** 東京専門学校に高等予科新設され、倫理・英語を担当。星亨の刺殺事件に際して「刺客論」を発表する。

一九〇二年（明治三十五） **四十四歳** 東京専門学校は早稲田大学と改称。九月、早稲田中学校長に就任。十月、読売新聞に「馬骨人言」を連載、激しく論難する。

一九〇三年（明治三十六） **四十五歳** 二月、「通俗倫理談」公刊十一月、尾崎紅葉の葬儀に列し脳貧血のため卒倒。十二月、早稲田中学校長を辞任。この年から東儀、水口、土肥らに朗読法を指導。

一九〇四年（明治三十七） **四十六歳** 二月、「桐一葉」を東京座で初演。早大文学部長の職につくよう懇請されたが辞退する。十一月、「新楽劇論」「新曲浦島」を公刊。

一九〇五年（明治三十八） **四十七歳** 鹿島清兵衛の二女くにを養女とする。朗読研究会解消、易風会をおこす。十一月、「新曲赫映《かぐや》姫」公刊。年末、易風会員ら大隈伯を推戴して文芸の新運動を起こすため、文芸協会の設立を企てる。

一九〇六年（明治三十九） **四十八歳** 一月、「早稲田文

学」再刊。二月、文芸協会発会式。三月、自宅隣地へ舞台付新宅の建築に着手。六月完成。十一月、文芸協会演芸部第一回公演を歌舞伎座で行なう。
一九〇七年（明治四十）　**四十九歳**　帝国学士院会員に推薦され辞退。十一月、文芸協会演芸部第二回公演を本郷座に行なう。
一九〇八年（明治四十一）　**五十歳**　文芸協会資金難のため、活動不能に陥る。春、京都祇園の歌舞練場で「鉢かつぎ姫」上演。「早稲田文学」に舞踊劇「お夏物狂ひ」を発表。同じく「新曲初夢」「小袖物狂ひ」成る。
一九〇九年（明治四十二）　**五十一歳**　二月、文芸協会建て直しのため、余丁町の土地を無償提供。三月、研究生募集。五月から仮教習所で授業開始。九月、演劇研究所新築落成。十二月、「ハムレット」公刊。
一九一〇年（明治四十三）　**五十二歳**　七月末から八月初旬にかけて、早大校外教育部のため京阪神へ講演旅行。九月、「ロミオとジュリエット」公刊。
一九一一年（明治四十四）　**五十三歳**　二月、文芸協会会長に就任、五月、文芸協会第一回公演（ハムレット）を帝国劇場で行なう。六月、演劇研究所第一期生卒業証書授与。七月、大阪第一回公演（ハムレット）九月、第一回私演（人形の家）十一月、第二回公演（人形の家、寒山拾得、お吉三、ベニスの商人）
一九一二年（明治四十五）　**五十四歳**　一月、熱海荒宿の別宅完成。三月、文部大臣より文芸功労者として表彰される。四月、文芸協会大阪第二回公演（ベニスの商人、人形の家）を中座で、五月、文芸協会同第三回公演「マグダ」を有楽座で行なう。六月、英国の劇評家ウィリアム＝アーチャー兄妹来観。京都第一回公演（マグダ）を南座で興業、七月文芸協会名古屋公演（御園座）、ただし明治天皇御不例のため三日で興行中止。十一月、文芸協会第四回公演（二十世紀）
一九一三年（大正二）　**五十五歳**　二月、文芸協会第五回公演（思ひ出）、三月大阪第四回公演、京都第二回公演いずれも「思ひ出」。四月、演劇研究所第二期生卒業式、抱月と須磨子の問題表面化し、文芸協会に紛議起こる。六月、文芸協会第六回公演（ジュリアス＝シーザー六幕）、七月、文芸協会会長辞任。文芸協会解散。
一九一五年（大正四）　**五十七歳**　三月、演劇研究所の建物売却、文芸協会の負債の一部を償う。八月、早大学長高田の文相就任を機に早大教授の職を辞す。かわって名誉教授に推される。

一九一六年（大正五）　**五十八歳**　十月、旧文芸協会の敷地全部売却、負債ほぼ片付く。十一月、「名残の星月夜」起稿。十二月、早大維持員会を説き、小林文七所蔵の芝居錦絵・番付類を購入させる。

一九一七年（大正六）　**五十九歳**　胃酸過多に悩み、不眠癖募る。五月、大正二年に書かれた「役の行者」初稿本に基づき、「新演芸」に「女魔神」発表。（翌年「役の行者」と改題刊行）、六月、「中央公論」に「名残の星月夜」発表。七月、早大終身維持員・名誉教授の辞表提出。

一九一八年（大正七）　**六十歳**　この年、しばしば早大学長就任の勧告を受けたが固く辞退。七月、「義時の最後」十一月、「冬の夜ばなし」十二月、「リチャード三世」公刊。

一九二〇年（大正八）　**六十一歳**　五月末、士行を協議の上離籍。十二月、早大講堂で「法難」朗読。

一九二一年（大正九）　**六十二歳**　熱海水口村の別宅完成「双柿舎」と命名、三月「法難」公刊。六月、養女くに、飯塚友一郎に嫁す。十月、早大文学部内に文化事業研究会創設ページェントを提唱。十一月、「じゃじゃ馬馴らし」公刊。

一九二二年（大正十）　**六十三歳**　十月、戸山学校構内で「熱海ページェント」試演。十一月、舞踊劇「長生浦島」を創作。

一九二二年（大正十一）　**六十四歳**　二月、「大いに笑ふ淀君」脱稿。十一月帝国劇場顧問となる。有楽座に帝劇技芸学校生徒による児童劇公演。「家庭用児童劇」第一集公刊。

一九二三年（大正十二）　**六十五歳**　三月、「家庭用児童劇」第二集「舞踊論」刊行、六月、有楽座で帝劇技芸学校生徒による第二回公演を行なう。九月、大震災。蔵書いっさいを早大図書館に寄贈。十二月、児童劇関西公演に同行監督。

一九二四年（大正十三）　**六十六歳**　七月、次兄義衛、甥大造死去。「家庭用児童劇」第三集公刊。この秋より、早大文学部にシェイクスピア講座と、歌舞伎史講座を担当。

一九二五年（大正十四）　**六十七歳**　二月、肺炎を病む。

一時危篤、四月末全快。

一九二六年（大正十五 昭和元）　六十八歳　七月、春陽堂より「逍遙選集」第一回配本。以後翌年十二月まで毎月一巻ずつ発行。四月、「リチャード二世」五月「ウィンザーの陽気な女房」他訳す。

一九二七年（昭和二）　六十九歳　一月、「から騒ぎ」五月、「ヘンリー五世」七月、「末よければ総てよし」九月、「ジョン王」他を訳公刊。十一月、早大大隈講堂で、記念のシェイクスピア公開講義を行なう。

一九二八年（昭和三）　七十歳　二月、「ヘンリー八世」三月、「ヘンリー六世」他訳。五月、双柿舎の逍遙書屋落成。十月、演劇博物館落成、開館式に列し謝辞を述ぶ。十二月、「沙翁《シェイクスピア》全集」全四十巻完成。

一九二九年（昭和四）　七十一歳　四月、舞踊劇「良寛と子守」を書く。なお同月演劇博物館後援会のため、大隈講堂で脚本朗読会を催し、ひき続き五月にも大阪朝日会館。名古屋県会議事堂で同朗読会を催す。

一九三〇年（昭和五）　七十二歳　四月、日本シェイクスピア協会発会式に当たり、名誉会長としてメッセージを送る。五月児童劇映画「道灌と欠皿」影絵映画「烏帽《えぼ》子《し》折と猿の群れ」を撮影させる。十二月「杳手鳥《ほととぎす》孤城落月《こじょうのらくげつ》」の朗読をポリドール・レコードに録音。

一九三一年（昭和六）　七十三歳　五月、国劇向上会から月刊「芸術殿」発行さる。毎号執筆、五月より「柿の帯」を連載。七月、早大維持員を辞す。十月、影絵映画式の「神変大菩薩伝」を綴り、「芸術殿」に連載、翌年五月完了。

一九三二年（昭和七）　七十四歳　五月、「鬼子母解脱」梅幸、菊五郎により歌舞伎座で上演。十月、これを歌劇として新橋演舞場に上演。

一九三三年（昭和八）　七十五歳　五月、中央公論社より「新修シェイクスピア全集」刊行決定、七月、「柿の帯」公刊。十月、朝日講堂で、演劇博物館記念会のためにシェイクスピア劇「シーザー」「ハムレット」「ベニスの商人」を朗読。JOAK（NHKラジオ）これを中継。レコードにも吹込む。十二月、沙翁《シェイクスピア》全集出版記念会を帝国ホテルに開催。

一九三四年（昭和九）　七十六歳　二月、前進座「杳手鳥孤城落月」を新橋演舞場に上演、指導に当たる。

六月二十日肺炎発病。

一九三五年（昭和十）　**七十七歳**　一月中旬感冒から気管支カタルを併発。二十八日逝去。双柿院始終逍遙居士とおくり名す。勲章御下賜奏請の内示を受けたが、遺志を重んじて拝辞する。

参考文献

逍遙選集　全十二巻・別三巻　坪内逍遙著　春陽堂　昭2・1
坪内逍遙集　現代日本文学全集第二編　坪内雄蔵著　改造社　昭4・6
柿の帯　坪内逍遙著　中央公論社　昭8・7
明治文学史(上・下)　本間久雄著　東京堂　昭13・11
坪内逍遙　河竹繁俊、柳田泉共著　富山房　昭14・5
島村抱月　川副国基著　早稲田選書　昭28・4
坪内逍遙研究　坪内士行著　早稲田選書　昭28・9
シェイクスピヤ全集、坪内逍遙訳　新樹社　昭33・4
人物叢書「坪内逍遙」大村弘毅著　弘文館　昭33・9
坪内逍遙　本間久雄著　松柏社　昭34・6
若き坪内逍遙　柳田泉著　春秋社　昭35・9
日本新劇史　松本克平著　筑摩書房　昭41・11
随筆松井須磨子　川村花菱著　青蛙房　昭43・1
その他

さくいん

【人名】

赤井 雄……三〇・一一九
饗庭篁村……三八・四六・五五・六五
阿部次郎……七五
市島謙吉……三一・五九・七四・八七・九〇
伊原敏郎(青々園)……七三・九五
岩野泡鳴……八〇
上田 敏……一四五・一四八・一五七
内田魯庵……三六・一四五
依田学海……五三・一四五
エッチ＝レーザム……二七・一〇三
大隈英麿……五六・六三
大西 祝……四七・五五・八二
岡倉覚三(天心)……三一・六五・一三五
小山内 薫……七一・九六・一六三
尾崎紅葉……一〇・四五・五三・五五・六三・六五
仮名垣魯文……一一六・一一七・一七二
金子馬治……五七・七二・七三
河竹繁俊……七七・一六一
河竹黙阿弥……二六・六四・六五・六六
北原白秋……九
国木田独歩……八九
幸田露伴……一〇・三六・四五
後藤宙外……四七・五四
斎藤緑雨……一二八
シェイクスピア……一〇・二七・四五・四六・八〇・九一・一〇三・一四一・一四二・一七九・一八六
十返舎一九……二五・一七三
渋沢栄一……六四・一〇五
島村抱月……四七・七一・七七・七九・八〇・八五・八七・九一・九五・九六・一六六
市子(妻)……八二・八六
スコット……三一・三三・三五・四六・一〇三
高田早苗(半峰)……三〇・四六・五三・五九・六四・七三・八七・九〇・一〇二
高山樗牛……五三・六一・六六
滝沢(曲亭)馬琴……一七・二五・三〇・三三・三五・三六・一三五
武田耕雲斎……一九
近松門左衛門……五五・六六・一四一・一七九
坪内平右衛門(信之)(父)……一二・一四・一九・一三・三三
ミチ(母)……一三・一五
信益(兄)……一六・二六・三一・三八
義衛(兄)……一七・一八
坪内セン(妻)……三九・四四
くに子(養女)……六七・七五
大造(甥)……六七・七五
士行(甥)……五五・六七・一〇四
東儀鉄笛……六九・七一・八〇・八一・八四・八七
土肥春曙……七〇・七三・八七
永井謙八……三三・三九・四〇
西 周……一七三
ハルトマン……五〇・五一・八二
フェノロサ……三一・三三・一七三
福沢諭吉……三七・一七一
福田恒存……一九〇・一九一
二葉亭四迷……一〇・三八・八八・一二八
ホートン……三一・三三・一七三
本間久雄……一三八・一六二・一六八
正岡子規……三六
松井須磨子……七三・七七・七九・八一・八二・八三・八四・八五・九一・九三・九五・九六・一六六
三宅雪嶺……二七・一一九
森 鷗外……四六・四九・五〇・八二・一九〇・一九一
矢崎鎮四郎(嵯峨の屋おむろ)……三八・四二・四三・一二八
八代六郎……二七・一一六
山崎覚次郎……三三・三五
山田美妙……六五・八九・一三〇
ワーグナー……一四七・一四八・一五一

【作品】

アイバンホー……三一
熱海のためのページェント……九八・九九
妹と背かがみ……一三九
妹山背山……七一
概世士伝……三五・三六・一一六
浮雲……三八

浦島寓話……一五四
役の行者……五七・九一・一五八・一五九・一六一・一六三・一六六
オセロー……八九・一〇八
お夏狂乱……七〇
お七吉三……七〇・七七
回憶漫談……六四・一一七・一二九
カチューシャ……八五
活劇泰西春窓綺話……一三五
京わらんべ……三七・一二九
桐一葉……五七・七一・一三五・一四一・一四三・一四五・一四六
キング＝リア……一〇三
葛の葉……四六
細君……四四・四五・一二九・一三〇・一三四
サロメ……九一
三人比丘尼色懺悔……四五
志がらみ草紙……四九・五一
ジュリアス＝シーザー……三五・八七・一〇三・一〇八
自由太刀余波鋭鋒……三五・一〇三・一八〇・一八二・一八五
春風情話……三二
小説神髄……三五・三六・三七・六五・一一七・一二〇・一二一・一二三・一二四・一三五・一五九・一七〇・一七三・一七五・一七八
新曲浦島……六九・七〇・七一・一四八・一五〇・一五一・一五四・一五六・一六〇
新修シェイクスピア……一七九・一八〇・一八二・一八八
新楽劇論……六九・七一・一四八・一四九
西洋道中膝栗毛……一一七・一七三
滝口入道……五三一
竹取物語……六九
近松の浄瑠璃……五三
地震加藤……五三・一四七
知説……一七四
当世書生気質……三六・三七・四〇・四四・一一六・一一七・一一八・一二〇・一二一・一二四・一二六・一二八・一三四
内地雑居未来之夢……三七・一二九
夏木立……三八
人形の家……七七・七九
延葛集……四六
鉢かつぎ姫……七〇・七七
八犬伝……一三一
ハムレット……四五・七六・一八九
半峰昔ばなし……三一
百学連環……一七五
風流仏……四五
復活……九一
ベニスの商人……七九・九〇
ヘンリー八世……一〇四
沓手鳥孤城落月……一三五
没理想論……四八
牧の方……九一
マクベス……四六・一八五・一八六
マグダ（故郷）……八五・九一・一〇三
ロミオとジュリエット……四五・七一・八九
我が国の史劇……一四一
早稲田文学……四七・五一・五三・五四・五六・五七・七四・一三六

—完—

坪内逍遙■人と作品　　定価はカバーに表示

1969年6月20日　第1刷発行©
2018年4月10日　新装版第1刷発行©

・著　者 …………………………福田《ふくだ》清人《きよと》／小林《こばやし》芳仁《よしひと》
・発行者 ……………………………………野村　久一郎
・印刷所 ……………………………法規書籍印刷株式会社
・発行所 …………………………株式会社　清水書院

〒102-0072　東京都千代田区飯田橋3-11-6
Tel・03(5213)7151～7
振替口座・00130-3-5283
http://www.shimizushoin.co.jp

検印省略
落丁本・乱丁本は
おとりかえします。

CenturyBooks

Printed in Japan
ISBN978-4-389-40130-6

CenturyBooks

清水書院の〝センチュリーブックス〟発刊のことば

近年の科学技術の発達は、まことに目覚ましいものがあります。月世界への旅行も、近い将来のこととして、夢ではなくなりました。しかし、一方、人間性は疎外され、文化も、商品化されようとしていることも、否定できません。

いま、人間性の回復をはかり、先人の遺した偉大な文化を継承して、高貴な精神の城を守り、明日への創造に資することは、今世紀に生きる私たちの、重大な責務であると信じます。

私たちがここに、「センチュリーブックス」を刊行いたしますのは、人間形成期にある学生・生徒の諸君、職場にある若い世代に精神の糧を提供し、この責任の一端を果たしたいためであります。

ここに読者諸氏の豊かな人間性を讃えつつご愛読を願います。

一九六六年

清水 梼山

SHIMIZU SHOIN

【人と思想】既刊本

老子	高橋進
孔子	内野熊一郎他
ソクラテス	中野幸次
釈迦	副島正光
プラトン	中野幸次
アリストテレス	堀田彰
イエス	八木誠一
親鸞	古田武彦
ルター	小牧治・泉谷周三郎
カルヴァン	渡辺信夫
デカルト	伊藤勝彦
パスカル	小松摂郎
ロック	浜林正夫他
ルソー	中里良二
カント	小牧治
ベンサム	山田英世
ヘーゲル	澤田章
J・S・ミル	菊川忠夫
キルケゴール	工藤綏夫
マルクス	小牧治
福沢諭吉	鹿野政直
ニーチェ	工藤綏夫
J・デューイ	山田英世
フロイト	鈴村金彌
内村鑑三	関根正雄
ロマン＝ロラン	村上嘉隆・村上益子
孫文	横山英・中山義弘
ガンジー	坂本徳松
レーニン（品切）	中野徹三・高岡健次郎
ラッセル	金子光男
シュバイツァー	泉谷周三郎
ネルー	中村平治
毛沢東	宇野重昭
サルトル	村上嘉隆
ハイデッガー	新井恵雄
ヤスパース	宇都宮芳明
孟子	加賀栄治
荘子	鈴木修次
アウグスティヌス	宮谷宣史
トーマス・マン	村田經和
シラー	内藤克彦
道元	山折哲雄
ベーコン	石井栄一
マザーテレサ	和田町子
中江藤樹	渡部武
ブルトマン	笠井恵二
本居宣長	本山幸彦
佐久間象山	奈良本辰也・左方郁子
ホッブズ	田中浩
田中正造	布川清司
幸徳秋水	絲屋寿雄
スタンダール	鈴木昭一郎
和辻哲郎	小牧治
マキアヴェリ	西村貞二
河上肇	山田洸
アルチュセール	今村仁司
杜甫	鈴木修次
スピノザ	工藤喜作
ユング	林道義
フロム	安田一郎
マイネッケ	西村貞二
エラスムス	斎藤美洲
パウロ	八木誠一
ブレヒト	岩淵達治
ダンテ	野上素一
ダーウィン	江上生子
ゲーテ	星野慎一
ヴィクトル＝ユゴー	辻昶・丸岡高弘
トインビー	吉沢五郎
フォイエルバッハ	宇都宮芳明

平塚らいてう	小林登美枝
フッサール	加藤精司
ゾラ	尾崎和郎
ボーヴォワール	村上益子
カール=バルト	大島末男
ウィトゲンシュタイン	岡田雅勝
ショーペンハウアー	遠山義孝
マックス=ヴェーバー	住谷一彦他
D・H・ロレンス	倉持三郎
ヒューム	泉谷周三郎
シェイクスピア	福田陸太郎 菊川倫子
ドストエフスキイ	井桁貞義
エピクロスとストア	堀田彰
アダム=スミス	浜林正夫 鈴木亮
ポパー	川村仁也
フンボルト	西村貞二
白楽天	花房英樹
ベンヤミン	村上隆夫
ヘッセ	井手賁夫
フィヒテ	福吉勝男
大杉栄	高野澄
ボンヘッファー	村上伸
ケインズ	浅野栄一
エドガー=A=ポー	佐渡谷重信
ウェスレー	野呂芳男
レヴィ=ストロース	吉田禎吾他
ブルクハルト	西村貞二
ハイゼンベルク	小出昭一郎
ヴァレリー	山田直
プランク	高田誠二
ラヴォアジエ	中川鶴太郎
T・S・エリオット	徳永暢三
シュトルム	宮内芳明
マーティン=L=キング	梶原寿
ペスタロッチ	長尾十三二 福田弘
玄奘	三友量順
ヴェーユ	冨原眞弓
ホルクハイマー	小牧治
サン=テグジュペリ	稲垣直樹
西光万吉	師岡佑行
ヴァイツゼッカー	加藤常昭
メルロ=ポンティ	村上隆夫
オリゲネス	小高毅
トマス=アクィナス	稲垣良典
ファラデーとマクスウェル	後藤憲一
津田梅子	古木宜志子
シュニツラー	岩淵達治
タゴール	丹羽京子
カステリョ	出村彰
ヴェルレーヌ	野内良三
コルベ	川下勝
ドゥルーズ	鈴木亨
「白バラ」	関楠生
リジュのテレーズ	菊地多嘉子
リッター	西村貞二
プルースト	石木隆治
ブロンテ姉妹	青山誠子
ツェラーン	森治
ムッソリーニ	木村裕主
モーパッサン	村松定史
大乗仏教の思想	副島正光
解放の神学	梶原寿
ミルトン	新井明
ティリッヒ	大島末男
神谷美恵子	江尻美穂子
レイチェル=カーソン	太田哲男
オルテガ	渡辺修
アレクサンドル=デュマ	辻昶 稲垣直樹
西行	渡部治
ジョルジュ=サンド	坂本千代
マリア	吉山登

ラス=カサス	染田　秀藤
吉田松陰	高橋　文博
パステルナーク	前木　祥子
パース	岡田　雅勝
南極のスコット	中田　修
アドルノ	小牧　治
良寛	山崎　昇
グーテンベルク	戸叶　勝也
ハイネ	一條　正雄
トマス=ハーディ	倉持　三郎
古代イスラエルの預言者たち	木田　献一
シオドア=ドライサー	岩元　巌
ナイチンゲール	小玉香津子
ザビエル	尾原　悟
ラーマクリシュナ	堀内みどり
フーコー	今村　仁司 栗原　仁
トニ=モリスン	吉田　廸子
悲劇と福音	佐藤　研
リルケ	星野　慎一 小磯　仁
トルストイ	八島　雅彦
ミリンダ王	森　祖道 浪花　宣明
フレーベル	小笠原道雄

ヴェーダからウパニシャッドへ	針貝　邦生
ベルイマン	小松　弘
アルベール=カミュ	井上　正
バルザック	高山　鉄男
モンテーニュ	大久保康明
ミュッセ	野内　良三
ヘルダリーン	小磯　仁
チェスタトン	山形　和美
キケロー	角田　幸彦
紫式部	沢田　正子
デリダ	上利　博規
ハーバーマス	小牧　治 村上　隆夫
三木清	永野　基綱
グロティウス	柳原　正治
シャンカラ	島　岩
ハンナ=アーレント	太田　哲男
ミダース王	西澤　龍生
ビスマルク	加納　邦光
オパーリン	江上　生子
アッシジのフランチェスコ	川下　勝
スタール夫人	佐藤　夏生
セネカ	角田　幸彦

ペテロ	川島　貞雄
ジョン・スタインベック	中山喜代市
漢の武帝	永田　英正
アンデルセン	安達　忠夫
ライプニッツ	酒井　潔
アメリゴ=ヴェスプッチ	篠原　愛人
陸奥宗光	安岡　昭男